青青子衿

全国青年作家优秀作品选

汪家弘　主编

YUANFANG 远方出版社

图书在版编目（CIP）数据

青青子衿 ：全国青年作家优秀作品选 / 汪家弘主编
. -- 呼和浩特 ：远方出版社，2023.9
ISBN 978-7-5555-1879-2

Ⅰ. ①青… Ⅱ. ①汪… Ⅲ. ①中国文学－当代文学－作品综合集 Ⅳ. ①I217.1

中国国家版本馆 CIP 数据核字(2023)第 175217 号

青青子衿——全国青年作家优秀作品选
QINGQINGZIJIN QUANGUO QINGNIAN ZUOJIA
YOUXIU ZUOPIN XUAN

主　　编　汪家弘
责任编辑　孟繁龙
封面题字　汪钟鸣
策划编辑　刘慧明　郑圣钺
出版发行　远方出版社
社　　址　呼和浩特市乌兰察布东路 666 号　邮编 010010
电　　话　（0471）2236473 总编室　2236460 发行部
经　　销　新华书店
印　　刷　河北浩润印刷有限公司
开　　本　787 毫米×1092 毫米　1/16
字　　数　264 千
印　　张　16.5
版　　次　2023 年 9 月第 1 版
印　　次　2023 年 9 月第 1 次印刷
标准书号　ISBN 978-7-5555-1879-2
定　　价　68.00 元

目录 / CONTENTS

◆诗歌天地

◆散文家园

◆小说世界

诗歌天地

夫诗工创心，以情为地，以兴为经，然后清音韵其风律，丽句增其文采。

——《文镜秘府论·论文意》

致我们（外一首）

汪家弘

不能做一棵参天大树
即使做一株小草
也是一道景观
不能做展翅翱翔的雄鹰
即使做一只山雀
也能在山林歌唱
不能做浩渺的大海
即使做一湾溪流
也能让鱼儿游玩
不能做耸立云端的摩天大厦
即使做一间草堂
面对风雨，也能为他人遮挡

虽然不能攀登群山之巅
但站在山腰也能欣赏到
山脚下看不到的风景
虽然不能戴上耀眼的桂冠
但走进殿堂也能见识到
殿外人见不到的辉煌

出发，就有鼓励的力量
总有一天
远方，就在脚下

写给我们
——致敬作家狄更斯

我们不是文学的雾都孤儿
不能坐在老古玩店里
看着某些人利用血脉的世袭
骗走缪斯女神的花冠
我们是怀揣梦想的科波菲尔
把爱汇聚成一条溪流，融入大海
书写出现实和理想的双城记
即使有人把董贝父子作为榜样
即使有人愿意追随匹克威克去游历
即使我们看到理想要面临困难
但是，只要心中的光还在
只要我们在前进的路上
如兄弟姐妹般，并肩同行
那么，不在明天
就在后天，那个欢喜的日子
必然，迎来远大前程

作者简介：汪家弘，本名汪鑫，青年作家网总编辑。完成作品有历史系列小说《徽州魂》三部曲、都市文学《合羽恋》、古代武侠《吴王令》和《宝庆传奇》等；策划和主编文集有《千年汪氏：汪氏历史文化普及读物》、《岁月之歌：全国青年作家优秀作品选》、《花开四季：全国青年作家优秀作品选》、“梦想树文化丛书”等；创作剧本《徽州魂》（纪录片）、《一代名角洪雪飞》（纪录电影）、《大美沙漠》（纪录电影），并担任制片人，其中《徽州魂》曾在中央电视台播出。

我还有一个故乡是北大荒（组诗）

——谨以此诗，献给我曾生活四十余年的黑龙江省富锦市

妙　瓜

曾　经

曾经，在没膝的雪中跋涉
顶着刺骨的寒风逆行
心里充满对南方故乡的向往
那冬天的雨哟
也飘着温暖的诗行

如今，在故乡多情的雨丝里
那白花花的雪
依然在心里飘扬
那份向往和诗意
何时
换了位置，变了方向

曾经，在那片广袤的土地上
一步一个脚印，点种、施肥
播下希望
那望不到头的田垄啊
藏着人生的未知和漫长

如今，风抚过堆满额头的雪霜

岁月的纹路在额前舒展
与垄沟之间
是否有一条血脉隐隐相连
两个故乡，揣进同一间心房

曾经，在金灿灿的收获季
收割、打场、交公粮
在滚烫的人生里摸爬滚打
太阳从地平线一跃而起
又被大地的另一头吞噬了光亮

如今，我在故乡的一轮明月下
遐想
第二故乡的月光
照着飞雪、冰河、田野
慢慢于心头
焐出一些热腾腾的盼望

水　井

辘轳把摇响的声音打破沉寂
柳罐斗沉重地垂落
镜面溅起无数碎玉
担水，你来我往
嘈杂声中屯子睁开了睡眼

这井，于村头，是一眼甘洌的清泉

老人们说，井下有一条水道
是通往龙宫的泉眼
方圆数十里的村落、草甸
唯此水甜

春播归来
这里是嬉戏的平台
把头埋进柳罐斗里痛饮
姑娘和小伙子们
闹成一片

夏夜，月亮为井台点亮烛光
车老板“吁”的一声拖得很长
汲水、饮马
高粱秆儿架起的篱笆下
虫儿也鸣唱正欢

隆冬，井口冻成圆圆的冰丘
担水的人时常滑翻
老队长挥镐刨出一身汗
于冰丘上
开凿数级可上的台阶

昨夜，我又梦见那口井
辘轳架疲惫得发蔫
井壁上斑驳地长出几块苔藓
水似一面镜子
里面的我，像从前

雪 景

夜雪唰唰地下
世界安静异常
热炕渐渐变凉
被上落满轻霜

积雪刷新了原野村庄
抚平了道路、沟壑、低岗
顺势把马架没入雪冢
又封堵了家家户户的门窗

雄鸡忘了司晨
鹅鸭弯过脖颈把头埋进翅膀
骏马在厩中嘶鸣
亟待踏雪翻腾、长鬃飞扬

晨光披着寒衣漫过雪场
人们开始铲雪清场
房顶飘起缕缕炊烟，驱散寒凉
狗儿在主人身后汪汪

农家爬犁上堆满了白银
运往村外那片空旷
无人为此估值
只是将其归入冬日的一片苍茫

时间像一匹脱缰的奔马
我总忍不住回头张望
那些洁白的过往
如今能折几许银两

垦　荒

一把荒火
顺势燎原
草木呈黑色的灰烬臣服脚下
挽马齐力拉牵
犁杖弓背向前
犁铧豁开荒土的胸膛

两匹马
一副犁具
几位垦荒者
简单的阵容
于蓝天白云下
雕琢一组黑白、立体的木版画

一道又一道新垄
明快、凹凸、整齐地延伸
太阳透髓的眼光
在审视阴刻与阳刻的对比中
看见从刻痕里渗出
黑油油的血浆

处女般稚嫩的土地，将接受
人类的首次播种
秋天，她会奉上
金灿灿的大豆
橙黄的苞谷，还有
燃烧着红色火焰的高粱

半个世纪的耕耘
这片荒原、沼泽、湖泊
已成为立体、生态化的北国粮仓
但，北大荒的称谓依旧冠冕
这冕，是这块土地的骄傲
也是那一代垦荒人心中的珍藏

富锦岁月

那是一座寓意美好的边城
拥抱着一条四季鲜明
而脾气又截然不同的大江
春的排江倒海
夏的激流旋涡
秋的平缓开阔
冬的宁静致远

一方富庶之地
一条神秘的流径

在狍子和野鸡的乐园里相遇
在鲟鱼、鳇鱼、大马哈鱼的领地里
流连，谁也说不清
她们共度的岁月里
发生过多少伟大或平凡的事情
但我记得
陪在她们身边的日子里的故事
如同看到自己的手臂上
隐约的毛细血管
渐渐变成一条条
青筋暴突如蚯蚓的过程
那是，成长的岁月

现在，我可以常坐在
妩媚的西子姑娘身旁
安享阳光、晚风和四季花香
每当夕阳亲吻山脊的一刻
就不由自主地想起那座边城——
富锦，那里升起的朝阳
在一条广阔而平坦的地平线上
燃烧着
一段火红的青春年华

那个夜晚

灯下，我唤醒沉睡于记忆中的
那个飘着大雪的夜晚

鹅毛般轻盈而凌乱地漫舞
蹑手蹑脚地降落在门前、窗台上

窗玻璃上
冰凌花舒展得快意
在昏黄的灯光下弥漫

绿茵般的炕席上
一片青草地的春天

夜神竖起耳朵
示意四周安静
她想听一听人间的悄悄话

简洁的室内
两个身影和一个刚诞生的小生命
襁褓中响亮的啼哭
继而是幸福的吮吸
其余，都是有关生活的琐碎话语

谁的脚步如此粗鲁
雪在地上嘎吱嘎吱地呻吟
几行被过往踩出深陷的脚印
循着夜色的微光
消失在舞动着的雪幕深处

从深邃的时光隧道中醒来
已是辛丑年的冬夜

月色露出寒冷的锋芒
万家灯火，都不及
那个雪夜、那间陋屋以及昏黄的灯光

望　乡

我望的乡
不是故乡，不是他乡
也并非仅指某个地方，而是
一段从青丝到白发的漫长时光
以年轻的身份开场
又以退休的结局离开它

那时
丰茂的水草把沼泽点亮
棒打狍子瓢舀鱼的传说名扬天下
化冻的黑土冒着肥沃的油花
我播种初心，等待发芽
黄昏的落日余晖
把我的身影越拉越长，之后
消失于一片苍茫

心里存储着一个私密文件夹
里面珍藏着
北大荒汉子的粗犷豪爽
房东大娘脸上的慈祥
少女眸子里传递的刹那

也记录下
第一次融入那座边城的生活
在唯一的一条由块石砌成的
主街上满怀喜悦地徜徉

松花江夏日绚丽如虹的晚霞
浑厚、雄壮的轮笛声于风中回荡
渔舟在波光里轻轻摇晃
一颗少年心，被这些
诗情画意般的浪漫迷醉
把回家的念头丢弃一旁
这一醉
放任了四十年时光

现在和过去，那些时光和那个地方
一直交错在心路的轨道上
无数次隔着时空把影像重塑、回放
已无法诠释故乡是一个地理概念，还是
一个生命中沉甸甸的企望
那是一个回不去的“乡”

平　躺

我平躺，看到周围一切都是高大的
苍穹虽然难以望穿，但穹面明净如镜
云闲散自在，一副清高的样子
战栗的枝头已无叶可落

狗昂着头走来，比以往高大了许多
伸出血红的舌头，露出牙齿
我知道它是邻家的一条狗
所以并不在乎它

我侧过脸去，大地是倾斜的
视角改变了视野
我看到的与以前有些差异
不远处那些枯萎的小草成为视野里的主角
它们在寒冬里顽强地活着
永远都长不高

我知道，再坚持一下就是春天了
我渴望春天，但我很累
平躺的时候读懂了小草的话语
枯萎的时候，春天
也可以在心里发着芽

小年夜

小年夜，我蒙头昏睡
电热毯把床热成滚烫的炕头
我虚脱地回到那年
热炕头、热酒盅，与往事对酌
直喝到汗流浃背，湿透了衣被
红灯笼照亮了夜的黑暗
一场对酌，驱散了我的寒意

我把许多秘密都放进黑夜
这样，就不必担心被人窥探
奇怪的是
在黑夜里做梦
梦见的都是白天

无论大江南北，小年夜
是无数个夜晚中的一个相同的夜晚
不同之处在于，今年
我的小年夜回到了那年
还流了许多汗

作者简介： 妙瓜，本名缪东荣，生于杭州，长期从事文字工作。喜欢读书写字，是诗人、网络签约作家，著有纪实文学《青春富锦》（中国华侨出版社于2021年出版）、《我的故乡是天堂》（远方出版社于2023年出版）。

天宜居士诗词十四首

天宜居士

瞻仰杜甫故里有感

日奔千里瞻诗圣，
游罢归来夜不眠。
心有情怀文粹雅，
身无华饰命孤颠。
生前赡墨谁吟咏，
死后遗篇广诵传。
敢问苍天公允否？
忠贤终会梦成圆。

攀　峰

灵幻玄穹红日灿，
孤峰绝顶厉风鸣。
无边垠际苍苍色，
不尽云涛邈邈空。
万里长征重迈步，
百年圆梦再攀峰。
踌躇满志闯天下，
五湖四海谋幸福。

北京奥运

当空红日东方耀，
奥运旗飘尽自由。
四海健儿圆美梦，
五环出彩醉全球。
青春怒放千花灿，
生命升华万古流。
夺冠争先强竞奋，
华章谱写正方遒。
（2008 年秋，初稿于北京，定稿于兴义）

北京冬奥会

瑞雪千山白，
朔风万壑银。
华装迎盛会，
轩礼待遐宾。
友谊时时讲，
金牌日日新。
国旗飘赛馆，
奥健秀青春。

读《李白诗选》敬怀诗仙

一生诗酒惊天地，
万丈豪情迫九霄。
借我年华三百岁，
依然潇洒不折腰。

游西湖吟苏轼《饮湖上初晴后雨（其二）》感怀（七言古诗）

凭把西湖比西子，
苏公华彩冠群芳。
可怜西子昙花现，
唯有西湖永耀光。

迎　新

春风有梦千山绿，
秋雨无情万树萧。
四季轮回依铁律，
一元复始在今朝。
（2000 年 1 月 1 日，于贵州省兴义市）

泰　山

巍峨东岳云中矗，
徒步登山古道长。
拼命攀爬凌绝顶，
云飞日出景无疆。
（1995 年夏，登东岳泰山，有感而作。）

惜　时

岁月如梭时易失，
人生苦短莫蹉跎。
只争朝夕今强奋，
他日攀巅唱凯歌。

万峰林秋色

登高临绝顶，
一览景无疆。
万道霞光下，
千山绿映黄。

思　乡

心静空山翠，
春深夜色苍。
鸟鸣惊美梦，
望月思家乡。

幽　居

幽居山野里
闲听鸟鸣吟
静读凉棚下
兰馨沁我心

水调歌头·茶山春韵

梦幻雾野秀，
烟雨露凝珠。
千年津润，
卓殊生态出名茶。
冬尽风轻气暖，
春早叶鲜芽嫩，
美景在年初。
蓝天白云下，
绿海醉仙姝。

一把壶，
一瓢水，
一火炉。
逸情别致，
边煮边品自闲娱。
香味清馨纯正，
汤色柔和高雅，
闻饮好安舒。
游憩茶山上，
心净日徐徐。

玉楼春·最爱故乡味

大雪纷飞诗景瑞，
炮仗残红铺一地。
江河湖海迎新春，
南北东西除旧岁。
吃尽佳肴天下味，
还是家乡风味美。
小鲜土酒野时蔬，
未品闻香心已醉。
（2022 年除夕于贵阳市老家）

作者简介：夏金峣，笔名天元、金峣、天宜居士。男，汉族，贵州省贵阳市人。青年作家网签约作家。

四季抒怀（组诗）

梁　慧

雪，有部分下在心里

冬天的原野
寒冬，雪花在飞舞
时而飘在原野
时而飘在山岗
但有一部分
留在我的心里

这雪冰了皮肤
滋润了心田
仍保持热情洋溢
消融在心底深处

我的雪
希望覆盖委屈
淹没泪水
融化在春天的阳光里

我与自己握手言和

鸟语花香的春季
我在园子撒着种子
夏天为它浇水除草
凉爽的秋天到来
收获了累累的果实

如今，冬季来临
白雪纷飞的地上
堆积着厚厚黄叶
我还在念着过往
久久不能忘怀
跟往事道声再见
与自己握手言和

我的选择

假如我是一棵草
就要绿化原野
假如我是一朵花
就开在路边篱笆

假如我生活在北国
冬天看纷飞的雪花
晶莹剔透

装点了我的院子

假如我是一只鸟
飞翔在天空
遨游在自由王国
那是多么舒畅

作者简介：梁慧，笔名雨薇子，广东肇庆市人，语文教师。中国散文协会会员，湖南网络作协会员，现为青年作家网签约作家。获第三届“中国作家杯”征文大赛诗歌组一等奖，2021年获评“网文之星”及璀璨华夏“典礼杯”诗词比赛三等奖，出版有个人诗集《诗海拾趣》。

故乡那缕阳光（组诗）

陈　圣

故乡的清晨

氤氲的陈山，揉进故乡的润土
杏林春暖，穿过巷口
找寻流年遗留的阡陌纵横
竹编的淘箩蜿蜒盘旋于红尘

清晨倚窗
去收集毓秀的钟灵
烟波浩渺的山色
多了几许醉意

推开屋门
浓浓的雾霭涌进
深山旖旎，万籁无声
一池河塘，潋滟葳蕤

布幔装饰了故乡的跫音
柳絮飘落，泛起层层涟漪
犁耕缆绳轻解
打磨春色的盎然

芳草萋萋，放眼一望

田埂的青绿
宛如麦浪高低起伏
谱写春的篇章

荡漾在故乡的舞步里
流淌进聒噪的人群
晨雾中，田舍的菜园
叩开故乡的静谧

春色物语

清晨，我在昨晚的梦中醒来

窗已被春光推开
飘进的气息
带着青草的味道
从晨曦弥漫到暮色的黄昏

父亲，长满老茧的手
挥动春事的缰绳
在氤氲的村落
多了几个文字的意象

穿透青春的印记
凝眸处
春和折柳少年
已在时光的缝隙中发芽

拴住故乡那束月光

乡愁从这里开始

心走向的地方，那里装下整个冬天
远处的青黛，铭记一段美丽的过往
昨夜明月托梦，打探着桃花绽放

路口，飘落一地的花瓣
掩饰了岁月的温柔
或许倒映着时光的重叠
走过时间的尽头
多少回眸遗忘了月光

总有一朵花是属于我的

昨日的记忆已渐远
残留那季余光
封存于流年的巷口
被阳光一路收藏

染上尘埃的花瓣
依旧有美丽歇息的痕迹
杂草吞咽春雨的印记
百花还在眷恋山峦的美色

藤花蔓草萌生情愫
灵魂的斥候
似另辟缤纷的梦土
觅一处心净不言孤寂

桃花美啊
啼了血的杜鹃更美

莞邑春色

苍翠的绿
晕染了莞香古邑，文脉风情
莞尔一笑，从慈云阁迤逦而过
触摸旖旎的美

四季嬗变
温婉岁月的傲骨嶙峋
葳蕤的罅隙，禁锢着
阳春的绽放与凋零

炫彩千年莞邑
翻阅荔枝岭南的芳菲
春的深处，馨香扑面而来

晨曦的柔媚，笼罩着巅峰
氤氲的润泽，涟漪层层
倚栏听春，青黛的远山如画布

重叠中凝聚水墨霞光

轻盈的云海，洒落春的清甜
静谧处，倾听你的美

把故乡装进行囊

北纬的季风，萦绕思念的身影
远去的你，拾捡几束梅枝
杨柳绿了，桃花映红
秋山青黛，蘸满游子的声息

把思念装进人间烟火
去遥远的他乡漂泊
炊烟袅袅，轻轻跌落在梦里
翩舞的彩蝶，似在春天吟唱

湛蓝的天空回绝孤寂
近在咫尺的泪痕湮没了
让流云存储去远方的行囊
任风涌，终究抗拒不了

作者简介：陈圣，笔名木彦，江西省吉安市人，东莞市作家协会会员，青年作家网签约作家，青年文学家杂志社理事会组联部长等，文章散见于《清风文学》《井冈山报》《花开四季》《作家文学》《河南科技报》《青年文学家》《散文百家》等刊物。

青涩之旅（组诗）

叶美果

夏日随想

秋天的雨还鸣响着思念的旋律
冬日的暖阳还怀抱着你的温存
春季的风像极了你的温柔
转眼
又到了骄阳似火的夏
我跟着你
从那个落叶浪漫的秋
走过了冬
走过了春
又迎来了夏
草虫鸣唱的是春的希望
乡野点缀的是秋的金香
亲爱的，告诉我
你，依然会像那铄石流金的夏那般热情如火吗

女人，不哭

午夜，梦回
泪水又滚落湿巾
心，跌落底处

是对尊严最后的一次召唤
泪水
从来不会为困难打倒
而是对最后一丝柔情的折服
女人，不哭
柔情从来不会被辜负
当你的善良洒满宇宙
它将幻化成不倒的钢铁长城
用来捍卫你那不灭的追求
弱者的眼泪从来不会被怜悯与珍惜
强者的欢笑也从来不是与生俱来
而当你懂得
理想便永不会为现实所辜负
挣脱思想的束缚
让追求插上崭新的翅膀再次照亮古今
女人，不哭

想　念

遥远的那份记忆
总是在夜深人静的时候降临
绷紧的心弦
又开始了它的波涛起伏
隐隐的触痛
扰乱了夜本该有的宁静
想念的泪滴，像一颗流星
悄悄滑落天际

夜之灵，思念成歌

手中的那根风筝线又断了吗
我，期望化成一条在水中穿梭的小鱼
说好的，开心结伴的旅行哪里去了
你，难道又偷偷独自乐去了吗
喜欢做一个爱做梦的姑娘
玩疯了忘记回家
当她酣然入睡的时候
夏日的青蛙也忘记呱呱
夜深人静，
梦之灵迟迟未到
爱唱歌的姑娘等急了
神秘的夜色，也开始为她的歌声动容
于是
指尖轻轻划过的音符便在夜间悄然飘动
一直传向她最爱的人的耳朵里

女　孩

如果
可以让我重新选择
我会尊重自己的灵魂和躯体
当我还是一个女孩的时候
世界是公平的
或许，它一直都在倾听着

每一个人的声音，即使这个声音
已经让一个女孩变成了母亲
假如，我是一个女孩
我会大胆地爱
就像每一个人都是灵与肉的结合
我心目中的爱情就算历经疮痍
它依然是你我躯体与灵魂共同的归宿

树与鸟儿

你说
我是鸟儿，你是大树
我不承认
从前，我认为
我也是一棵大树
是站在你身边的一棵高大的木棉
后来，我错了
我做了一只在大树上筑巢的鸟儿
我也曾想，大树会为我遮风挡雨
可谁承想，风雨还是倾覆了我刚筑的巢
我站在梧桐树下忏悔了很久很久
后悔没有作为树的形象和你站在一起
如今，你就站在我的面前
可时过境迁
我依然没有成为一棵大树
可我再也不会成为你口中的一只鸟儿
一只借你的高枝炫耀自己的鸟儿

我必须是一只雏鹰
尽管还不能展翅高飞
但终有一天
我会飞过悬崖，掠过山峰
来到树的面前
到时，我再为你歌唱
我想，我不仅是那棵木棉
你也不仅是那棵梧桐

从此我的世界有了你

我，醉了
彻底醉了
漫漫红尘
我像一粒小小的尘埃
在漫无边际的世界里随风飘摇
风儿把你带到了远方
在我看不见的世界里
我随着风沙满世界里寻找
茫茫人海
滚滚红尘
无一是你
无一不是你

如果，你爱我

如果，你爱我
请你赶紧来到我的身边
夜晚，紧紧地握住我的手
如果，你爱我
请不要用那么多理由离开
更不要以爱之名占据我的灵魂
如果，你爱我
请不要再用你的标准来衡量我
也许我们爱的，都是彼此最初的模样
如果，你爱我
请你慎重说出你的表白
不要让原本纯洁的爱变成伤害
我愿与你共享雾霭、虹霓
我也同样愿与你分担寒潮、霹雳
从你我相爱的那一刻起
爱情在我的心目中就是圣洁的
如果，你爱我
请不要辜负我本来的意愿
女子的刚烈与柔情只属于她最爱的人

童　话

有一天
我不小心掉进了

小女孩编织的童话之中
我成了故事的主角
遇到了我心中的王子
我以为这就是现实
我掉进了
自己编织的现实之中，无法自拔
梦中的爱情总是甜蜜
可不承想，
我也会有清醒的一天
当我醒来
王子已经走了，
回到了他自己的国度

我只是我

一个人的思想
每天都会发生十万八千里的变化
而我
是大脑中那唯一控制人思想的一道波
我，蹚过血液之河，跨过躯体之壑
像一个幽灵，又像一股无形的磁波
来到这个纷繁复杂的世界
我，有时站在高山之巅
畅望群山威仪
我，有时站在江河之畔
目睹江河浩瀚
我，有时乘风破浪

在汹涌澎湃中感受大海的波澜壮阔
我，有时跌落烟花雨巷
与书生为伴，在夜灯下与雾霭同行
我，一下钻进烟花柳巷与诗人同和
我，一下又在浩瀚的宇宙间肆无忌惮地穿行
我，有时也会掉进臭水沟
与腌臜泼才同唱阴霾悲歌
当，感觉到浑身污浊的时候，
又狠狠一抖，跃上了云层
在洁白的云朵间，看满世界的风和日丽
我，是大脑中的唯一控制人的思想的一道波
不管是在花间莺歌燕舞，
还是在暴风雨中豪言壮歌
我只是我

夜　莺

什么时候开始
我变成了一只生病了的夜莺
这个世界，连诗人都很现实
他不会爱上一个没有灵魂的人
而最傻的那个人
已经走了，因为现实
我是一只夜莺
在夜晚，只能唱着悲伤的歌
当全世界都以为我病了
我的歌声却开始被注入灵魂

变得高亢清亮
原来，夜莺本来就是在夜晚歌唱

是想你了吗

是想你了吗
泪水又止不住滚落
爱与泪水的交融汇成晶莹的银河
在暗黑的夜空坠落
满天的星空
只有你我
天山上的雪莲
见证了你我的爱情
我愿化成纯洁的雪燕
衔一根草，结成环

问　候

你的一句简短的问候
又勾起了我想念你的时候的回忆
眼泪，忍不住湿润了双眸
想念成殇
总是在不经意间被触动
心里翻过曾经的信息
知道，你没忘记
而我也没忘记

夜深人静

夜深人静的时候，
我会写一写诗
伴随着思绪，眼角滚过的泪滴
那是我为爱过的人谱写的滚烫的旋律
我所奏的忧伤幻化成了无边的文字
从睡梦中的床边飞向寂静的宇宙
与星辰为伴，与日月同游

一个人

一个人
为什么总是能那么自私
一边幻想着爱情
一边却不停地数着现实
当你什么都满意了的时候
爱情，却已经走远了
我，宁愿从来都没有爱情
这是对我的赤裸裸的猥琐
我绝不允许
不管是谁
请带着纯净的灵魂来
也请带着纯净的灵魂离开

秋

是我愚弄了生活，
还是生活愚弄了我
星星，总是在我最孤独的时候陨落
就那样，消失在我的视线之内
望穿天际，不知道要多少轮回
你我才能重新相遇
我的心，从此掉入大海
在漫无边际的陌生世界里
寻觅
我，从来都不曾灰心失望
这一切，不过只是暂时的
在时间的轨迹里
从来都不会没有四季
就像如荼的夏季已过
纵然有秋的萧瑟
可丰收的颜色从来都不会败给
任何一个季节

没有灵感的夜晚

明知已然忘记
今夜，却又想起
不记得有过多少伤心的回忆
只有在文字里才能找回

想你的时候
眼泪还是簌簌地往下落
伤心，已然没有了记忆
不知道
眼泪却也会成为习惯
难道，眼泪也会有记忆
没有灵魂的夜晚
笔下的文字也显苍白
让伤心睡去吧
让纯净的灵魂带走沉积的倦意
好好将息

黑匣子里的蝴蝶

我
是一只被困在黑匣子里的蝴蝶
总以为自己的世界很小
当我在拼命挣扎的时候
旁边的小男孩却为我加油鼓劲
一个巫师告诉我，
我是一只自由的蝴蝶
尽情地放飞自我，飞翔吧
于是，我一直在我的世界里演绎着飞翔
直到有一天
一个老男孩将我从匣子里放飞
我才知道
原来，我只是生活在一个火柴盒里

我是一只勇敢的鸟儿

我曾经是一只活蹦乱跳的小鸟
但那时，我根本不会说话
当我变成了哑巴
我却开始滔滔不绝
有时候，我真不明白
一个人为什么能那样活着
像那只听话的木偶
没有了原本的微笑
只有木制的逢迎、呆板
或许什么样的活着都有它自己的意义
就像地球上的生物
总有它存在的道理
我始终是一只活蹦乱跳的鸟儿
风雨中唱着歌儿
飞向我想去的地方
我要做一只勇敢的鸟儿
就算不能搏击长空
也要看到不一样的蓝天

守护神

夜幕又落下来
静悄悄的窗棂
那首荡气回肠的歌谣

飘进你的心里了吗
此刻，它却又在我的心里
我，一直守候着的那个人
会像我一样静静地等待吗
等待，就算望眼欲穿
等待，就算忘乎所以
等待，就算永无归期吗
我想，最好的答案是
不仅仅如此
它应该是一位忠实的守护神
去一直守护他心中的那座大山

夜

从前
望着眼前的万家灯火
在清澈的高高夜色里缱绻
心底是望不尽的思念与忧伤
今晚
迷蒙的烟雨之夜
眼前还是点缀着那样的星光
心，却已茫然地忘了波涛起伏
蓦地
静谧的夜晚
思绪不再飞向远方
而是匆匆流向指尖
字里行间划过的

已不再是迷失的过往
是眼前的朦胧，让心
不再向往甜蜜的飞翔
看看指尖流过的文字
我想，今晚的夜色还是跟以往一样

童话与现实

夜深人静
梦精灵赋予了我不一样的能量
让我在现实与童话中
不停地考量
我是童话中的阿凡提
正义与善良的化身
还是童话中的丑小鸭
企图变成白天鹅
我从童话中款款走来
为你编织了梦幻般的爱情
如此浪漫之人
却被丢进赤裸裸的现实
我是继续满足于自己编织的童话
还是臣服于你带给我的浪漫现实
我在童话与现实之中苦苦挣扎

小小的年纪，几十岁的沧桑

总以为你还很小
心中都是不成熟的话语
直到
我当你还在襁褓中的那时一样
欣赏与聆听你的咿咿呀呀
当我真正听懂了你的话语
我才知道
原来你已经长大
总以为日子走得很慢
不过才那么几百天
我遮掩着满心的愧疚
希望还能停留在某一天
不想
我走过的日子
却是折磨你成长的每一天
折磨着你，也在折磨着我
小小的年纪
几十岁的沧桑

我是童话中的爱莎女王

在一个没有灵魂的狭隘世界里
每天都像一个无头苍蝇一般乱转
曾经纠结了许多年的失落感

又一次在头脑中弥漫
作祟的价值感扰乱了原本的平静
为什么
我总觉得这像是一潭死水
树，倘若不学会扎根
就会像浮云一般，飘到哪儿是哪儿
永远找不到属于它自己的家
而我
我的皈依又在哪儿
唯当我静静地询问自己
用文字将它刻录下来
我的心才能得到片刻的安宁
我不是一个能做坏事的人
当我用笔记录好了我想说的一切
心，才会像眼前的夜灯一般透着柔和的暖光
像冬日的暖阳温暖着这颗又将凝固的心
我是童话中的爱莎女王
唯有对文字饱含着热爱
才能化解眼前冰封的一切

年

生生不息烟火气
一年一度又来临
万家欢喜在今朝
不变纵有几家愁
夜

在动与静之中摇曳
熟悉的天和景里
潜藏着久远的难忘味道
悄悄在脑海留下岁月深沉的积淀
遥记着爷爷奶奶留下的年的古老传说
梦想飞向遥远的十里桃花
像头顶上满天的烟花炮响
又起又落
银铃般的笑声屡屡将我唤回
在人皆沉醉的简简单单的欢愉中
迫使它
将陈旧的记忆封存
将今昔美好的祈愿寄予灯火
万家团圆之日，
谁不恋人间烟火

作者简介：叶美果，笔名青丘莫上，广东省汕尾市陆河县人。小学教师，青年作家网签约作家。作品发表在青年作家网、百家号公众平台、《清风文学》杂志、《花开四季：全国青年作家优秀作品选》。

爱情是怎么来的（外二首）

张晓敏

失眠了许久
从见你的第一眼开始

忘记了所有
从你的眼神在我身上停留

一尾鱼的爱情

怎么办
岸上那个人
一直含情脉脉地守在那里
那一个思念的尽头
装满了甜言蜜语和
无限诱惑
就这样静静地等待着
哪个傻瓜
会被他的痴心所感动
自愿上钩

一尾鱼的爱情
向来都是傻傻的痴痴的
明明知道

那些海誓山盟都只是陷阱
却偏偏要做扑火飞蛾
自投火中

春天的由来

是一缕缕
刚刚邂逅爱情的风
醉眼迷离地
路过心上的人

是一滴滴柔情蜜意的雨
悄无声息地，洒进爱人的心窝

是一只只
绿色的蝴蝶，停留在每一根
向它招手的树干
不断吮吸雨水和阳光
不断疯长

是五颜六色的
多情的梦，刚刚经过
风雨温柔的洗礼
缓缓苏醒

作者简介：张晓敏，女，笔名烟雨江南、金华烟雨。文学爱好者，业余时间写作，诗歌、散文、小说均有涉猎，作品多发表于网络，偶有获奖。

山村里的老汉（组诗）

吕观德

山村里的老汉

老汉的眼睛已多年看不见
每天坐在门口，对面的山上有什么
他如数家珍
很多年前，他早把它拍成藏在眼里的胶卷

耳朵是老汉的拐杖
“爹”，儿子从山外带回媳妇
“哎，像村旁的水清澈”
其他人都听不懂，除了他的老伴

“我死后，要葬在野猪常出没的地方”
“为什么”
老汉和老伴一问一答

山村的老汉走了

山村的老汉在下雪天离开人世
子孙穿白衣，戴白帽
他的八十五岁的妻子穿着红色的棉袄
像掉在白色缸底的一颗红枣

村民瞪大双眼，像树上惊谔的鸟
“当年大雪天他在山下滑倒
我救起他。那天，我穿的衣服是红色的”
她说话很平静
村口樟树上，积雪“啪嗒、啪嗒”，砸在地上

送行的队伍，除了村民，还有阳光
树上和地上的雪
竖着或横着，肆意流淌
老汉妻子的哭声，是发酵几十年的古典音乐

老　汉

儿子回山村后，准备返回县城
老汉把吐出的一个个字
拧成麻绳
绑住儿子的光阴

老汉生前对那只流浪狗，从不吝惜碗里的肉
他下葬时，它左三圈，右三圈
第二天，人们发现
它死了，蹲在老汉的墓前，像个守墓人

老汉去世那天
村里十几只狗，不吃不叫
有两只跳进水里

村民说，老汉带走了它们的魂

山村的阿婆

阿婆有两个儿子都在外面
邮差每月给她
送来两张分别来自北方和南方的汇款单
“下次，你能不能把我儿子寄来”

每天早饭后，阿婆要给两只鸡喂食
一只是公鸡，另一只也是公鸡
抚摸着它们的羽毛
像抚摸两个长硬翅膀的儿子

阿婆的丈夫住在对面山上的坟墓里
她有空没空看着
一幢贴着墙砖的三层楼和一个长满茅草的土堆
每天，收发关于生和死的密码

作者简介：吕观德，浙江省永康市人，中国法学会会员，中国诗歌学会会员，青年作家网签约作家。

我的雪，有一部分下在心里

赵向前

月亮还没有升起
暗藏心事的云朵有点灰心
扔下没有写完的信
躲进了城市的森林

风开始鼓动冰冷的情绪
六瓣棱角的花雨被凝结
于是，我的雪
一部分，下进翻开的书页
一部分，下在心里

一场舞文弄墨的雪
飘零这个冬天的夜
星星在家园的天空隐隐亮起
一堆篝火被诗歌引燃
一团火，一团光，一群人
将这个冬天的夜晚搅动，灯火通明

雪花摇曳在不远的田野
而我们的家园，依然温馨
有一股暖意
将笔端冰冷的激情唤醒

我的雪，有一部分下在心里
有一部分，落在家园的屋顶
今夜，除了我们的内心发出的轰鸣
我们的文字将在这个冬季播下爱的种子
雪花融化之时，在夜幕下发芽
等一个春天的开启……

除了你，不在我现实生活的世界
除了你，没有与我面对面的交集
其他，都是真实的
那些带有温度的文字
那些带有磁性的嗓音
那些在文字面前，你吐露的委婉动听
都在我的世界里
伴随每一个日子的开启
在车轮的行驶中，感受一个温暖的抚慰

除了虚拟的雪
包括这眼前的篝火不灭
还有头顶一直闪耀的星辰
你就在我的面前
我的眼里，今夜只有你
你的眼里，只有我们虚构的幸福世界

当然，我的雪，有一部分下在心里

昨夜，月光误吻过的杯子
遗忘在院落里

昨夜枕边滑落的雪，滴落成冰

几张歪斜的竹椅
守着寂静的夜
却没有等来夜归的人
只等来了一场无关紧要的雪
远方和诗
在田野覆盖的晶莹剔透里
若隐若现

如果我在，恰好有雪
那些被你隐藏的蜡梅
是不是，恰到好处
我的雪，有一部分下在心里

被麦芒刺痛的心
还没有来得及逃离
一场雪花与月亮相约
把支离破碎的心情掩埋

在你亲手画下的桃树林
以桃花唤醒那支沉睡的笔
月光铺开的信笺纸
够不够书写今夜的心事

我便在这个星光点亮的夜
在风铃摇曳的月色里
我的雪

有一部分下在心里
隐隐守候你的归期
从远方，如约而至

作者简介：赵向前，笔名马湖之边，四川乐山马边人。现定居重庆，热爱文字，青年作家网签约作家。作品发表在青年作家网、简书、百家号等平台。

爱如潮水，汹涌而来，奔腾而去

潘淑萍

你用几句情话做成石子
投向我的心湖
激起千层巨浪
打碎我心底一直想守的秘密

那深切真爱的潮水
历经千辛万苦的沉淀
本已平静地藏在心底
化作我多年最美的回忆

你却突如其来，不管不顾
不明缘由地重新提起
一切让我恍然如梦
心如撞鹿，不知所措

是我掩藏得不够深
还是从别处知晓了秘密
曾经的丑小鸭变成了白天鹅
你说要保护我，不后悔自己所做

受宠若惊，诚惶诚恐的我
思考着是否是自己的执着
感动了爱神丘比特

要让我今生得偿夙愿，跌入爱河

憧憬着美好时光的到来
期待着有你的幸福未来
却不料因一件偶然的事
你被拉回了自己的世界

你不声不响突然离开
我心慌意乱，陷入茫然
突如其来的冷漠
怎能不打乱我原本平静的生活

任凭我努力追问缘由
你却如坚冰般冷淡回避
是要我自己想明白
一切不过是镜花水月，要我急流勇退

都说真爱是克制和千般忍耐
都说真爱是彼此的全力成全
都说真爱是全心地努力包容
我说真爱也是不追问和不再打扰

当爱如潮水般
汹涌而来时，去全身心拥抱吧
当它奔腾而去之际也请放手吧
要为爱倾心付出，也要放爱自由而去

作者简介：潘淑萍，女，青年作家网签约作家。从事教育教学工作三十余年。

信仰（外二首）

张青山

没有太阳燃烧的天空
特别寒冷
没有月亮抚慰的黑夜
无比孤寂
我从簌簌的夜雨中
醒来，睡意全无
打开书，一遍遍复习着
那久远的温存

我是与雨最亲近的
无关昼夜冷暖
无关淅沥滂沱
无论春秋冬夏
无论咫尺天涯
无论你是否转身
我都，一直在

听雨，从一种癖好
直到一种信仰
我一直在思考
哪一天我听不见你了
雨，你是否依然会
为我，随风起舞

半夏的夜

入伏，空气的热度迅速攀升
我蜗居在钢筋水泥洞穴里
空间很小，只能容纳我一人
和散落一地的诗笺

冰啤、空调是续命的毒药
午夜，随着蝉鸣的消退
夜，抽出最后一丝清凉
抚慰着，烘焙了一天的灵魂

曾经翘首以盼的黎明
如今，像过了蜜月期的恋人
除了刺目的光亮
就是炭火和孜然的味道

我想迅速逃离
去与北极熊做邻居
它帮我觅食
我为它写它最喜爱的浪漫诗篇

我在春天里，等你

风一路吹
这是春天里最后一朵桃花

我盘腿坐在花瓣上
沮丧、颓废，这些都源自约定

风来时，杏花、桃花或是酒
都已经和大地融合为一体
遗忘，是一场可怕的交易

心空空地在桃花岛流浪
念着随缘，不敢把你来遗忘
只听见，风在山谷呜咽

昨夜你在梦里，嫣然一笑
说你早就来过，我茫然无措

我在梦里努力翻找
那朵正在盛开的桃花
倘若盛开，那便是你来时的模样
多么渴望自己变成一朵桃花

作者简介：张青山，四川南充人，定居成都。青年作家网签约作家，湖南省网络作家协会会员。在中国诗歌网、中国作家网、青年作家网等文学平台发表诗歌、散文、随笔五百多篇（首）。出版有个人诗集《西边太阳东边月》。

闻秋（组诗）

王　理

第一片落叶

听说，秋天的
第一片落叶，是梧桐叶
有关它的诗行
都写满了萧瑟

我啊，只想
偏安在岁月的一隅
任素尘遮
任春草长
任九夏热
还任这秋风数落

最后一片叶落

枝头上枯黄
凭西风摇曳
枯叶厚厚
累了一层层
遮没马路上的颜色

冬天说
“或许风起时
我才能找到我
时光里的最后一片落叶”

金色轮回

梧桐叶黄了，国槐叶黄了
银杏叶也跟着满枝枯黄
暮秋，立冬前后
一阵清冽的风
把北国吹成了完全的金色
金色盛宴
璀璨，且那般庄严
好似为浓浓的秋天
画上了一个繁华的句点

初冬岁岁，总是拿起号角
催着万木，叶落归根
这是属于它们的金色轮回

作者简介：王理，曾用名王礼，笔名姬承礼。陕西咸阳人，汉族，现为青年作家网签约作家、中国原创文学网签约作家、中国诗歌网认证诗。擅长诗词、诗歌创作，曾参与出版、发表的作品十余篇（首）。曾获得中国原创文学网2017年金秋赛诗网络征文三等奖。部分诗歌作品散见于中国诗歌网、中国作家网、青年作家网、中国文学网、中国原创文学网等文学平台。

青青子衿（组诗）

张丽芳

青青子衿

苍苍的时光
从千年里回眸一眼
那是一首记在诗风里的民歌
热恋着子衿的女子
从蒹葭里走来
而他却在水的那方
她只能在悠悠的思念里
等待而又彷徨

茫茫的岁月从千年里回眸一眼
那是一段写在香草里的神话
赴约的山神
携一腔相思在冷清的幽谷
他却在山的那头
她只能在久久的等待里
哀怨而又徘徊

千年的神话
千年的等待
是水之隔
是山之远

恋上了每个季节

每个季节我都留恋
因为每个季节的每个时刻
都写着我的缱绻深情
写在每朵云里
云朵在天空是那么绚丽
写在每片叶上
叶子在风里是多么飘逸
写在每个季节里
每个季节都跳动出
诗意的音符

我恋上了夏的青荷
我恋上了秋的黄叶
我恋上了冬的白雪
而此时
我期待春的嫣红
在那时候
我会恋上春的一切
就如我恋着你的一切一样

因为每个季节的每个时刻
都有我的缱绻深情
所以我留恋每个季节

等你，但你不知道

我踩在冬的枯草上
等你
但你不知道
我看灰色天空上鸟的飞过
等你
但你不知道
我看树上还剩下的叶子
等你
但你不知道

青青的，是飘着的云
悠悠的，是我等的心
但你没来
而后我又踩在枯草上
吹着风，慢慢走
看天空，看树叶
等你
但你不知道

你在，我在，时间依旧在

我怕我的岁月哪天枯萎干涸
而我不能再放声轻歌
我怕我的文字哪天苍白无力

而我也无力再执着于内心的深情

那就让我在此时
还没有变沧桑的岁月里
或是最芳华的日子里
用晨曦的光，夕阳的霞，染成的相思
用花的香，青的草，调成的墨汁
记下一段最美的相遇

等到，等到
哪天我在岁月的某一个路口
不经意地回眸
我的泪花，在脸上开出了晶莹
因为在悠悠的岁月里，在回眸的瞬间
你在，我在，时间依旧在

作者简介：张丽芳，江西南昌人，青年作家网签约作家，硕士研究生毕业，副教授，就职于南昌应用技术师范学院。

相思歌（组诗）

楚浪人

相思歌·明月乡

卿是清风过路客
我是明月归乡人
虽有万般牵思念
却苦千里难相见

相思歌·镌思量

皎皎银月光，粼粼照海江
朗朗星汉长，灼灼明宇苍
漫漫桃花香，卿卿入梦乡
悠悠镌思量，久久不敢忘

相思谣·杭州

长亭不长情义长
断桥不断肝肠断
孤山不孤君心孤
苦海不苦相思苦

楚浪人

我本人间浪荡客
却乘山海赴星河
我本红尘不羁子
却乘风花会雪月

黄鹤楼赋

烟波江上落花游
泛舟对歌酒销愁
千古墨客谁风流
万里江山黄鹤楼

端午·祭屈原

一心为国碌碌忙
半生流亡莽莽荒
千古长留汨罗殇
九曲楚歌绝唱响

茶圣歌·怀陆羽

竟陵子，鸿渐字
骑瘦马，游天下
着青麻，四海家
避功名，隐山林
远钱权，近溪泉
寻佳枝，觅知己
朝采叶，暮对歌
煮香茶，赋诗雅
作诗百首歌六羡
从此诗坛美名远
著经三篇七千言
始开茶道万古绵
钱权禄我我不恋
君王召我我不见
不羡苦熬深宫年
唯羡逍遥山林间
不羡出将入相权
唯羡自在乡溪前
不羡白玉黄金钱
唯羡虹墨飞书言
万祈千望天上泉
入我杯中做茶仙

家乡谣·乾驿

一巷两尚书
五里十进士
堂前鲁祭酒
屋后蒋御史

祭少保周嘉谟

（壬寅初一晚与族人祭扫）

壬寅初一冬，雾雪渐渐浓
悠悠子孙众，祭扫竟陵东
寒江流落林，残碑立陋亭
长长眠故土，悠悠照千古
祖辈积德深，将相出寒门
父母慈静贞，勤儿事竟成
廉正智勇兼，忠孝仁义全
江上踏江浪，楚中翘楚郎
隆庆进士中，万历戎武从
户部主笔墨，兵部制奇谋
蜀黔理政廉，云广治军严
阉党苛税捐，黔公霸良田
孤笔跪民愿，单骑平兵变
勤政治阉患，奋军定边关
扫擒陇川叛，败退交趾犯
固关增边防，兵部侍郎强

勤俭节国藏，清廉美名扬
正内稳后庭，工部尚书行
荣辱皆淡定，文武共携进
六事官风评，朝中正气临
弃虚接务实，律己宽仕子
君臣称栋梁，吏部尚书郎
誉望众德高，加太子太保
任人德才廉，保荐杨左贤
力举熊廷弼，智静张鹤鸣
治奸止宫迁，保圣护众贤
天启难熬年，两受厂公陷
白头归故里，耄耋还原籍
英雄老迟暮，壮士衰难拄
新君念旧恩，不忘老臣身
阉党荡扫光，清白还忠良
崇祯二年冬，祖逝得善终
敬爱五朝老，周生为国劳
悼奠帝师考，嘉荣赠少保
念念家国情，默默赤子心

孤舟客

孤舟任海潮
独帆随风摇
无涯亦无靠
边岸何遥遥

烟波客

风拂烟江雾漫漫
雨打船篷声声寒
无根浮萍何所栖
一杯月光照我还

春来放歌·赠众文友

大涛沧海长逍遥
美酒佳人解烦恼
立身众贤谈歌笑
春花浪漫无限好

秋来放歌·赠众文友

立林幽幽桃香透
秋月朦朦沧海流
感恩诸君念浪客
诗酒相敬众贤友

逍遥歌

明月桃花廊桥
霓裳云钗女娇
罗扇轻摇羞笑
忽感化虹仙飘
乘云九天逍遥
御剑月宫琼瑶
群仙举杯相邀
把酒笑谈大道
宴到天荒地老
仙乐天舞袅绕
自在无限神妙
忘尽人间烦恼
忽闻壮士拍叫
原来浪子醉倒
躺在路边傻笑

作者简介：楚浪人，本名周强，青年作家网签约作家。

写给心上人

李　晋

我把情送给梦里的姑娘
我把诗写给梦见的情人
我想过
爱情是我们在特别的日子里相遇
我爱你
并不是你有多么美丽动人
我爱你
并不是你有多么令人赞赏
我爱你
是你的端庄样子令我难以忘怀
我爱你
是你富有的气质令我激情澎湃
我知道
在征途中出现爱情的路
我明白
我遇见爱情的你心里滚烫
我认知
我遇见爱情的你绝不丢弃
我向全世界的人类大声说出
我的爱情是遇见你
令我的心加速跳动
陪着你
听时间的歌越过山丘的承诺

陪着你
走向山川水秀清澈的爱
陪着你
走向爱情岁月中的尽头
此生
有你就是我独一无二的爱
此生
我把情献给遇见爱情的你
此生
我把诗写给爱情的你
此生
我把一生爱情全部给了心上人
我爱
从茫茫人海中找到对的人
给予
我们彼此做出的承诺
此情
我与爱着的你共勉情诗

作者简介：李晋，笔名晋闲，男，青年作家网签约作家，爱好文学创作。

左手烟云，右手情愁（外四首）

叶联华

以我的感悟，拨不开厚重烟云
左手执清风，右手捧柔月
安抚满圃菊色，染一纸情愁

一季叶落，雨依偎，情难收
携几瓣含笑的心事
隐身文字，煮酒品一世情悠悠

风起，缘何了，似水柔情
一身感伤，行云流水丈量思念的长度
一帘情丝伤了千年红尘

暖阳一坡，安稳冬的寒寂孤单
埋下种子开一城美丽
凝聚过往，一笔一窗等你入画

今夜，我踏梦前行

暮落灯起，晚霞沉浸入黑夜
月光在草垛上醒来，点燃愁绪
一阵蛙鸣，跳出我的井底
挣破三世誓言

不想把明天葬在城市黑暗的边缘

炊烟已飘散，牵不住身后的空无
星空下我站成一叶枯荷
花开的声音吻干月亮清冷的泪水
从昨天走来的鞋底，沾满疼痛和欢乐

抽出一根枯枝，扶正大雪压弯的梅枝
花蕾奋力追赶被寒风吹散的憧憬
明日有雨、有风、有彩虹
振臂呐喊奏响生命最强音
行于勤奋执于危困，今夜我踏梦前行

趁阳光还在

星光还在闪耀，枝头苞蕾张望
等着朝霞升起
我将几颗思乡的露珠
托付给炊烟

银河趁红酡还未被夜色吞噬
收藏星星一颗，彩云一缕
独挂船头
点亮回家的路

手握星辰，似繁花在水中绽放
你不来，我不老

鸿雁以季节随从的身份
驱逐黑暗，笑看日升日落

我是否爱过头了

星星没有坠落
月亮仍有清冷
从你的角度说一件事
有开头结尾
唯独缺一片梅花消融雪的眼泪

拨开细雨，风立在苞蕾上结庐
从我的角度说一件事
花落之前
水暖了，鱼已洄游

从此，无所谓输赢

是谁打扰了这个非常有理性的夜
月亮是有磁性的，木鱼有一万句话要说
别喊我，我在家书里没有醒来

母亲欠我一个梦
过春节我听到一声叹息
我和麻雀说了不该说的
枪里的子弹，会不会撞到故乡的翅膀

我以阳光的名义，剪一段时光
赌下一秒，你是否还像水一样爱我
之后，我更可以自由呼吸

作者简介：叶联华，笔名叶子、黄溪散人，江西吉安人，青年作家网签约作家，时有诗歌、散文等文学作品在报纸、杂志、网站平台上发表。

山塘见闻（组诗）

饶良火

山塘见闻

夜幕降临凉风起，地生紫烟半山腰。
千虫百鸟联欢会，英姿劲舞凯歌嘹。

悦耳清亮听知了，旋音回荡半日消。
峡谷深处飞布谷，寥寥三声入云霄。

太子湾里翔秋燕，八字排开太空操。
鹅鸭戏水忙塘里，公鸡独唱领风骚。

四十余载天地变，国强民富人自豪。
昔日荒芜连水恶，如今满目景娇娆。

清晨金钟山

远望白雪满山峰，久违晨光沐寒冬。
近看路边田间草，恰迎立春笑长空。

缕缕青烟山涧起，夏貌秋色立当中。
四季风光一景绣，大地奇妙万千重。

村女集体探亲

出嫁姑娘不忘根，成群结队来探亲。
胭脂粉脸映花伞，双肩披挂红围巾。

围观友人如潮涌，飞笑亲容手不停。
长长车队夫君驾，徐徐车辆放慢行。

乡村乐团迎宾远，敲打吹拉尽热情。
飘飘队旗横幅展，声声欢叫鞭炮鸣。

年少出阁不常回，难寻一家共欢欣。
会聚八方好姐妹，报答春晖女儿心。

何家村

环峰万巅雾茫茫，横贯峡谷致富桥。
成群别墅傍山麓，满目丛林竞娇娆。

辽阔良田稻根草，安知春到又秧苗。
清碧百转溪流水，鸟声嘹亮入云霄。

修身养性寻天下，人间仙境一步遥。
待到花开山烂漫，邀约欢聚乐陶陶。

过 年

千山万水不论远，归心似箭为团圆。
谋生发展常在外，人间忠孝两难全。

风雨无阻回家路，父母平安挂心间。
一家欢聚终相见，喜笑颜开过大年。

登城北楼

登上城北楼，远眺深山沟。
群峰一片绿，养眼无心愁。

碧湖环山搂，阔水出峦头。
晚霞红似火，辉艳满神州。

沿河秋景

十里沿河金碧煌，男女老少歌舞忙。
碧波潋滟冰溪水，鲫鲤纵跃聚成团。

树高秃枝立岸旁，风卷落叶起猖狂。
垂柳残叶逍遥摆，不尽姿色叙沧桑。

朝　霞

赤壁苍穹彩色浓，朝霞似火中国红。
万里晴空谁劲舞，正是腾飞东方龙。

诗画配

洁白喜鹊领风骚，倾心持爱立树梢。
莫道邀约飞至早，不禁回首念天骄。

秋风扫叶秃枝俏，酷寒惜别起春潮。
待到青山花烂漫，绿装遍地多自豪！

听《今生相爱》后感

茫茫云海享真情，唱爱泪流满衣襟。
今生来世求同在，千里婵娟恋相迎。

出　站

出站浴秋阳，扑鼻桂花香。
徒步停车场，美景醉心堂。

散 步

散步玉虹旁，秋风打衣凉。
眺望冰溪岸，七彩筑辉煌。

辗转西南去，石园有奇观。
凤亭坐爱晚，情侣正迷欢。

顺耳游广场，琴笛乐声扬。
鹤桥恋八马，红袍溢来香。

中秋念

独驻河边赏明月，信江冰溪水相连。
秋风传送多思念，牧羊曲响恋从前。

人生福自多兄弟，每逢佳节倍思亲，
远隔一方不相见，今夜难眠到天明。

夜游星江河

水过泥沾树，新叶伴绿洲。
蝉声迎夜幕，镭射耀天头。

清风逗杨柳，彩光照清波。

灯熄园里暗，游人仍满坡。

观秀美玉山有感

滚滚云烟入江南，天下仙人享武安。
志敏英烈存浩气，冰溪荡漾绿如蓝。

趋云拨雾见红日，碧玉金山聚宝藏。
纵有信江千层浪，体育中心四海扬。

阳光沐浴江两岸，风戏垂柳添花香。
西鹿河岸文成塔，莘莘学子励志强。

风光别致东湿地，南站俯瞰金沙湾。
浮桥横跨湖心过，情侣叙爱促膝谈

高速环山似飘带，群鸟凌空自由翔。
堤坝激流泻千里，立交纵横天际长。

对半分城三清路，飞架高阁古城墙。
梦里水乡游乐站，彩桥擎天铸辉煌。

峦巅别墅落山寨，休养生息胜天堂。
人才辈出博士县，精英铸就国栋梁。

风　林

雾润丛林树争俏，香樟盖顶斗松高。
古杉锋芒不服老，梧桐落叶亦风骚。

月季伏地仰天笑，漫山红遍乐满梢。
长空飞鸟捕食早，明媚风林涌春潮。

静　界

雾拂深山雪亲石，丛林不见鸟来栖。
水杉独处斜阳照，清湖碧波入小溪。

天然氧吧盛产地，引发多少世人迷。
吾生安得此仙境，平静修身酝生机。

翰墨缘

墨宝汗百桶，一笔万日功。
文化五千载，中华永世荣。

书画国珍宝，多源清贫中。
变革新时代，艺脉继无穷。

怀玉红军塔

清波纳景万千重，战旗挃展威无穷。
革命先烈拓天地，熊熊烈火亮长空。

怀玉山脉埋忠骨，白云漫卷悼英雄。
继承前辈强国志，祖国江山世代红。

姚来村

任凭乌云布满天，霞光映红万峰巅。
南北巨龙基干道，清水梯田罩紫烟。

青松翠杉满山岗，民宿安居密林间。
太空碧净无尘染，休养生息赛神仙！

暴雨来袭

乌云翻滚闹天庭，连连密密向东行。
斜雨击墙落瀑布，狂风折树瓦掀亭。

太空破裂雷电闪，炸声一片夜未停。
雾消云散看晴日，大地江山分外明。

雨中散步

狂风暴雨起山洪，借我花伞还河东。
天泉淋浴格外爽，半糊半醒飘家中。

雨锤击打窗音脆，雷声伴奏响太空。
闪电束光破天亮，遍地戏水鱼作祟。

雨后天晴净如洗，碧园清新少年宫。
阳公露脸放光彩，趋云散雾塔山红。

变革路上

悬崖峭壁半山腰，上攀高山下深渊。
安得宏达千秋业，势将战旗立峰巅。

何惧崎岖路高远，行军路中莫畏艰。
万众一心越天险，来年功就尽开颜。

上饶湿地公园见闻

卧龙蜿蜒湿地穿，沿岸渔翁垂钓忙。
孩童笑撒香诱饵，手舞足蹈喜欲狂。

谁家令爱梳妆扮，迎面扑鼻花露香。

河边佳丽亭玉立，眼波流转迷琴娘。

百鸟竞歌群起舞，知了领唱闹欢腾。
青蛙热恋蓝猪草，山鳅插手显神能。

芦苇高翘吹不倒，只缘万众共结盟。
风吹杨柳魔发女，须丝拂地不老翁。

高坡独艳玫瑰秀，霞光映衬格外红。
丛林万物多姿态，色彩缤纷融大同。

一周飞架储溪上，日夜抢筑彩桥梁。
诗趣未尽强归去，江南美景梦里翔。

夜游冰溪河

西流掉转向南去，垂柳拂袖淘沙洲。
碧桂园区金龙顶，武安山上云中楼。

洁净潺潺冰溪水 ，岸边条条钓鱼钩。
野生捕捉十年禁， 不见渔民驾轻舟。

百年一中出才子， 四海贤人壮志酬。
尊师重教千秋业， 培育栋梁无尽头。

作者简介：饶良火，笔名静清新，上饶市广信区人，爱好文学，常在网络媒体上发表文章，青年作家网签约作家。

抒怀（组诗）

杨建军

桂月他乡抒怀（平水韵　七律）

桂月他乡身旅羁，阳天独客盛年时。
登楼每忆吴宫宴，对酒常怀李白诗。
惠爱陶公存故墨，循良杜老布新词。
东篱菊绽来寻醉，别院梅香落满枝。

黄河（平水韵　五律）

瀑布三千丈，烟岚百万家。
天开明翠幔，地涌落红霞。
九曲潮生海，连环浪泊沙。
河流成圣迹，水岸艳奇葩。

长江（平水韵　五律）

社稷乾坤大，春秋岁月流。
湘川山色好，汉水浪花浮。
志节青鸾使，英雄黄鹤楼。
荆州追李杜，赤壁驾曹刘。

长城（平水韵　五律）

虎踞千年画，龙盘万里长。
城头多岁月，塞外几星霜。
野戍旌旗动，关山锦绣香。
先贤秦子弟，至德汉篇章。

渭水看鱼乐（平水韵　五律）

荒寒愁逐北，晚岁独征西。
渭水看鱼乐，秦关急鸟栖。
太公身未老，周室梦还迷。
隐迹临风卧，忠魂与日齐。

叙诗怀（平水韵　七绝）

谁将梦影叙诗怀，写作心声月下埋。
如此纵情风雅种，可知痴客妙安排。

百年谋（平水韵　七绝）

含香玉笛最清悠，有梦红楼已度秋。
欲问诗人词韵律，精研奥妙百年谋。

无闲（平水韵　七绝）

去岁初尝韵墨情，浮生六秩始书耕。
今年喜得恩师授，落砚无闲借日明。

作者简介：杨建军，退休医生。广东省梅州市诗词协会会员，青年作家网签约作家。2021 年在翰墨风华诗词大赛中获一等奖，第三届“中国青年作家杯”获二等奖。曾在《花开四季》及《岭南风》杂志发表过诗词。

君子兰（外二首）

源　泉

植根脚下黑色的土壤
着一身青春活力的衣裳
整齐地列好队
以谦谦君子的姿态
追逐心中的梦想

冬去春来，寒来暑往
无论栖身墙角
还是置身台上
你自顾自无声地生长
总是文静高雅的模样

花开了
像少女清丽纯净的脸庞
自信而不张扬
清风徐来
是扑面的馨香
从此
你扎根于我的心上

致木兰

在我的花园
欣欣然生长着一株木兰
虽没有紫薇的霸气
也没有桃花的妖艳
但你以独有的气质
令我的园子绚烂

你不与迎春争早妍
你不学梅花孤傲斗严寒
你在属于你的季节里
将生命优雅地舒展

你的馨香已沁入我的心脾
我的梦里已抹不去你的容颜
我真想，真想把你拥在身边
却怕失去你，永远
我只深深地，深深地呼吸着你的气息
把你植入我的心田

院子里，那一株樱桃

去年春天
你从郊外，来到这个拥挤的空间
在院子里

自顾自地生长

寒来暑往，又是一个春天
你经不住太阳的热情
以及，春风温柔的亲吻
依然保持着山里曾经的野性
穿上一袭洁白的婚纱
做了春天的新娘

你终于感受到了城里人的热情
小孩子来了
老年人来了
小伙子来了
俊俏的姑娘也来了
大家一起
为你喝彩，为你欢呼，为你祝福
院子里，那一株樱桃
好美

你没有沉浸在人们的赞美中
迅速把婚纱脱下
换上了春给你的嫁妆
你想，如今最重要的是
为春天结上一树
沉甸甸的樱桃

作者简介：源泉，本名袁泉，男，四川苍溪人，广元市作家协会会员，四川省摄影家协会会员，中国摄影著作权协会会员。

岁月（组诗）

卫　东

岁寒松柏

耐得数九隆冬，
极寒更加从容。
不屑娇姿柔美，
天生铁骨铮铮。
横眉冷对冰雪，
赢得冬夏常青。
待到春回大地，
越发郁郁葱葱。

昔日黄花

来时匆匆去匆匆，
风风雨雨任平生。
昔日黄花今何在，
年华已去觅无踪。
人生易老天难老，
心海扬波未了情。
红尘末路终有期，
夕阳情至晚霞红。

夫　妻

日久得见情深，
杯中小酒常斟。
回首此生不易，
朝阳渐渐黄昏。
相约白头偕老，
坎坷不忘初心。
逆境风雨同舟，
双双互证忠魂。

傍晚情思

夕阳西下不远，
晚霞色彩正稠，
遥望怡人美景，
感慨涌上心头。
时光匆匆溜走，
何必眉头紧皱。
来日越发珍贵，
切莫自寻忧愁。

无　题

夕阳无限好，

只是近黄昏，
柔情化晚霞，
拳拳赤诚心，
红尘多牵挂，
末路恋情深，
蓦然回首时
不觉已西沉。

作者简介：卫东，北京人，喜爱阅读写作。年近七旬，依然笔耕不辍。

秋夏（组诗）

长　风

秋　色

片片黄叶翩翩
雁雁羽羽南迁
暑往寒来一年
光阴尽染江山
夕阳西下对盏
静观云舒云卷
诗书茶画红颜
信步风雨人间

立　夏

阴晴不定夏至天
夏雨堪比秋雨寒
酉时风起亥时劲
骤雨惊雷夜难安

秋　意

秋风秋雨冷清秋

枝儿叶儿苦离愁
萧萧秋意萧四野
暖暖心思暖西楼

秋　韵

秋风秋雨洗秋愁，
秋章秋句赞秋歌。
总言秋日残花落，
可见秋日硕果多？

作者简介：长风，北京人，文学爱好者，青年作家网签约作家。

散文家园

文调的美纯粹是作者的性格的流露，所以有一种不可形容的妙处：或如奔涛澎湃，能使人惊心动魄；或是委婉流利，有飘逸之致；或是简练雅洁，如斩钉断铁……总之，散文的妙处真可说是气象万千，变化无穷。

——梁实秋

做人如水一般美（外一则）

赵美蓉

有水处，才有人类。水之纯净、清澈，静静地、缓缓地流淌；在任何时候，任何地方，只要有需要——水，便慷慨、不求回报、无怨无悔，执着而有博大的胸怀。

这是水之禀性，更是水之智慧。

水之美，请看高山流水，那是《望庐山瀑布》——盛唐时期大诗人李白笔下的“飞流直下三千尺，疑是银河落九天”的壮观景象。

水之美，它是绿油油的禾苗，咕噜噜地喝足了水，便在微风的吹拂下扭起了秧歌。

水之美，它是一片金灿灿的田野。谷穗子虔诚地垂下头来，向滋养它成长的水致敬！

水之美，它是一道美食。土鸡炖小蘑菇汤，猪蹄子煮黄豆……营养丰富又美味，水让菜肴更加美味。

水之美，它是一颗金子般的心，是去除污垢的清洁剂。大扫除了，家家户户，里里外外，上上下下，擦擦洗洗，窗明几净。

水之美，它是生命之源。战乱之时，出征的战士，为保家卫国，奔赴疆场，冲锋陷阵、勇敢杀敌、身负重伤，也在所不惜！

“快快，快拿水来。谁有水？”救护医生急促地求水。

“来了来了。我这儿还有一点点。”英勇的战友们异口同声。

受伤的战士，被医护人员喂下了几小口水，便慢慢地睁开了双眼。

“醒了醒了！他已经苏醒了。”围住伤员的战友们，一个个又惊又喜欢呼起来，感觉水的神奇，为生命的奇迹喝彩！

做人如水，虚怀若谷天地宽，执着不懈永向前。

小草问水：“你哗哗啦啦去哪儿？”

“我的前方还很远。”水爽爽快快地回答。

小石子问水：“你慌慌张张奔何方？”

“我的路途在远方。”水乐呵呵地回答。

小鱼儿问水：“你匆匆忙忙去何处？”

“百川归海。我要赶去汇入海洋。”水笑吟吟地回答。

清浅的水流，不停息地奔走，终于成就了博大与永恒。

做人如水，处下不争，低调、谦和，留一份宁静给心灵；有包容心，从不挑剔、不选择，无条件地适应各种环境，急人所急，帮人所需。

水，倒进任何盛水的容器，就随着该容器呈现的形状来改变自己，刚柔并济。

女人如水，沉静又活泼，内敛又激情，单纯而丰盈，顺应更坚韧；水一样的女人，美丽善良、真诚朴实、勤劳勤奋、魅力四射，光彩照人！

女人如水，虽然柔弱，却无处不去，上得厅堂、下得厨房，起早贪黑、里里外外，干起活来爽爽快快。

水一样的女人，阳光自信，是热爱生活，充满激情和智慧的女人，是开朗活泼、有亲和力的女人。

水一样的女人，就是做人如水一般美，温柔优雅、重情重义、一心一意，向着最远的目标，朝着最终的方向，义无反顾，用柔的姿态塑造生命的宽广深厚与气度，终至无悔。

冬天的色彩

有人说，冬天是白色的，纯洁淡雅。

立冬后，随着气候的变化，天气会越来越冷。

小河面上开始结冰了，薄薄的，晶莹透亮，远远望去，一片白茫茫。

周末，小朋友们想去滑冰，天然免费的溜冰场，好机会不容错过。

家长也会支持孩子们去锻炼。不过，我想说，刚入冬，薄冰场不适合玩耍，安全第一。路边坑坑洼洼的积水地，也有了薄薄的一层冰。调皮的娃娃们就玩起了冰游戏。踏一脚，啪的一声，冰碎了，水花四溅，溅到身上，水珠落到鞋子里，冷不冷？所以，当心“圣洁的冰面”下会有莫测的冰窟窿。冰窟窿大小不一，形状也各异。有时候因为冰面破裂，也会形成较大的冰窟窿。对于在冰面行走或滑行的人来说，冰窟窿是致命的。

冰条，树枝上的冰条，屋檐下的冰条，粗粗细细、长长短短，在阳光的照射下，晶莹剔透，闪着五彩的光。

隆冬季节，是一年中的严寒期。北风呼呼，雪花飘飘。我们看到了一个粉妆玉砌的世界。抬眼望，远处的高山层峦叠嶂，厚厚的积雪终年不化。

我仿佛看到了，当年的红军战士，在二万五千里长征途中所经历的爬雪山、过草地的壮观景象。这正是雪皑皑、野茫茫、高原寒、炊断粮。红军都是钢铁人，千锤百炼不怕难！

这是一曲最美的赞歌，是一幅最壮丽的画卷，最感人肺腑的诗篇！

一场冬雪一场寒，孩子们在雪中玩。

打雪仗堆小雪人，滚雪球看雪景观。

若问塞北何时暖，枝头新芽望江南。

冬天是绿色的。万年青的叶子像一把把利剑，松树全身长满绣花针，在严寒的冬季，不畏风吹雨打，不惧冰冻雪盖，依然葱郁挺拔，傲然屹立在山冈。

矮小细嫩的麦苗，绿油油的。它们用自己独特的方式御寒，藏在厚厚的白雪下取暖。正是：

冬天麦盖三层被，来年枕着馒头睡。

绿叶菜真不少，菠菜、芹菜、小油菜……它们在白雪的覆盖下，窃窃私语，偷着乐呢！

下吧下吧，白雪白雪，快快把所有的害虫冻死，等到来年的春天，我们的绿叶菜依然生机勃勃，楚楚动人。

我们的愿望有多美好。念念不忘，一定会如愿以偿。

冬天是红色的。梅花散发着淡淡的清香，在风雪中绽放。

它不在春天与百花争艳，在冬天经过漫漫长夜的默默等待，只为一季的花开。

惊艳的背后，是隐忍与寂寞，是守望与坚韧。在众花凋零时开放，芬芳扑鼻。

风成了它的挺力丸，雪成了它的守护神。

因此，我们说，冬天有白色的装点，圣洁纯真，银光闪耀；冬天有绿色的勃勃生机，活力四射；冬天有红色的耀眼绚丽，芳香氤氲。

我们说，冬天是一个多彩的季节！它魅力无限！

作者简介：赵美蓉，笔名安蓉，青年作家网优秀作家、诗人、讲师，湖南省网络会员、深圳市作协会员、中国散文学会会员，多部作品入选《岁月之歌》《花开四季》《清风文学》《中国创新导刊》《中国农村教育》等书刊。

湖畔田园

示　单

我出生的村子坐落在江西的太泊湖畔，只可惜如今的太泊湖名不副实，万顷良田抹去了曾经的碧波荡漾，生生地将浩荡的太泊湖底色改造成灰黄相间的原野，那灰色便是冬日里的残荒，金黄的稻穗成了它秋日的回报，这一切都是围湖造田的收获。

我不知道那时的太泊湖是否愿意，至少在我很小的时候，那满湖浪浪清波总会给少年的我们无数的遐想，夏日的湖面总如银盘一般扣在我们村前，泛起的粼粼波光，撩着小孩子的眼神，而我们一个个投身湖中，如跃入惊涛骇浪的大海，这不仅刺激着男孩们的雄风，也轻轻地抚摸着女孩们的妩媚。湖畔的青草滩，那是我们放牛的牧场，群牛角逐、群娃嬉闹与湖畔的晚霞美景交相辉映；那时的我们被太泊湖熏陶得风情万种，也被湖水洗涤得黝黑锃亮。可是，在20世纪50年代末，一场史无前例的血吸虫病席卷了整个太泊湖畔，湖畔附近每个村子大量的血吸虫病人倚壁晒日的场景令人心寒，可能从那时起，围湖造田就成了父老乡亲们唯一的选择。湖水的退去，酱黑的湖底淤泥渐渐隆起，渐渐成了农田的底色。说实在的，我觉得那灰色的田块过于枯燥，蓝色的湖水才是我们万种柔情的精神伴侣。

这就是20世纪60年代太泊湖的前世与今生，后来太泊湖畔一直在抒写着农田的使命，冬去春来，满湖绿油油的稻秧唤醒了农户的梦想，那也是我青年时躁动的源泉，它承载着父老乡亲在前往致富路上的辉煌！

其实，太泊湖是整个鄱阳湖水系成百上千个湖泊中的一座，这里虽离鄱阳湖畔有几十公里，但我们一直认为它是鄱阳湖的支系，是鄱阳湖的“护卫”，因为它有长江的庇护，它是被长江滋养的“果实”。如果说千山万水的华夏大地，水是命脉，那长江就是中华民族的主动脉，长江边上的如鄱阳湖、洞庭湖、巢湖、太湖便是主脉的气海，而环绕鄱阳湖如太泊湖这些星罗棋布的小湖就是“气海”中的穴道，星星点点遍布华夏。正是因为长江干流的源远流长，才使得大地枝繁叶茂、硕果累累。太泊湖因此受益。

太泊湖因连通长江，自然“身价”被抬高了许多，我的祖先也许是被这“背江拥湖”的自然环境吸引，便选择在湖畔繁衍后代，这一“落座”就是七百年。这么一个几百年的古村，如今居住着三百多户人家，有着近两千人口规模的村庄。当年陶渊明在此做县令时，我们村还是一片荒芜之地，不过，渊明之风在随后的岁月里已渗透了这块土地，“羁鸟恋旧林，池鱼思故渊。开荒南野际，守拙归园田”，这种田园生活的情趣，深深地影响着一代又一代太泊湖畔的居民。不知是江湖水泱浇灌了田地稻麦金黄，还是田园情愫成就了鱼虾满塘，反正“鱼米之乡”一直被我的祖辈扛在肩上。

当我踱着方步，像个归来的忧郁诗人，在曾经摸爬滚打的田垄地角瞭望一番时，心头涌出无限感慨，四周全是荒田荒地，大有“地广人耕绝，天寒雁下多”的趋势。面对这种无奈，我着急的是“鱼米之乡”这块招牌就要丢失了！农田将要从人们的视野中消失了！

好在地方政府早有与时俱进的意识，开始四处招商引资。于是，大片的山丘湖泊被推平建设为工业园区，为了不妨碍工业园区的宏伟规划，一些村庄举村搬迁也成了常态。

故乡在这样的变革中，仍显迷迷糊糊，总像没有敲准节奏的鼓手：鼓声大、节奏缓。尽管如此，故乡的行进步伐却在陶令的笔下张弛有度地运转着，“徘徊丘垄间，依依昔人居”，我担心“垄间”的消失，“人居”却成了“空无”。的确，人居要有“人居”的样子，田园乡村是文化，也是一种实力；而觉醒的不仅仅是文化的开放，而是地方经济实力的崛起。村子里迎来了一阵阵旧房改建扩建风，先是外出打工人辛苦的工钱全都流入自家老屋的翻新上，接着便是平地涌出更多的楼房，农村盖房的势头绝对不会落伍于城市的开发建设，只是乡村房屋的拔地而起受制于村庄的布局、坐落，施展的空间不像城市那么肆无忌惮，故乡的父老乡亲更是遵循祖规只在自家的一亩三分地上做文章，这样整个村子看起来虽有些零乱，却也有了日新月异的气象，依我看却失去了古村落的韵味。

就在最近的三年中，国家在“美丽乡村建设”上投入了大量的资金，对农村村容村貌的改造，已把正无序扩张和“伤筋动骨”的古村修复得复古如旧、整旧如新。在长达三年的改造中，我的古村已换了新颜，原来斑驳零乱的房屋格局已尽显徽派建筑遗风，亦有“世外桃源”的鸡鸣犬吠，还少不了犁耙车秒的点缀，农舍与祠堂、书亭相得益彰，古井与庙堂各得其所，村庄成了新农村的样板。

村庄正南与太泊湖畔相连的大片田垄荒丘，建起了生态农业示范地，几千亩农田和湖池正以规模化、集约化、生态化的模式在这片土地上扎根。

凯瑞生态农业园，这座占地几千亩的现代生态农业示范园给我展示了一幅农业文明的新样板，它所在的位置，正是我小时候放牛割草的村东南边，紧挨太泊湖畔的那片荒山草滩。这片我们称为“南坂上”的地方，如今已是凯瑞生态农业园的观光休闲区，拔地而起的几排徽式楼宇和一栋栋坐落在草滩上的度假休闲小木屋，简直让人误以为进入了旅游区，不远处的花卉大棚和蔬菜大棚，一大片一大片，在阳光下闪着的白光，色彩和清香都在塑料大棚的呵护下“精准”地释放，让观光者欲罢不能，让生产者赏心悦目。

如果说丘野变“喧嚣”是农耕文明向城市文明跨越的体现，这只不过是一场景观的小小“插花”，其进步的内涵却是体验者身心愉悦的升华。这里已成了村里老少爷们儿在晨光中的徜徉之地，夕阳下消遣的休闲广场。与其说幸福是在这种惬意的场景中挥洒，倒不如说百姓对生活的需求本来就很简单。

面对这曾经是棉花地与丘壑相杂的原野，我忽然想起的我的祖先柯读的《捡花词》，我的这位乾隆年间的秀才叔祖，一直是我们宗族“傲视群村”的荣耀，他的诗词成了后辈们诵读记背的经典，也是一张让我们村走向世界的名片。

“山坞深深最背风，昼时怕到地当中。料无人见花秆密，暂把裙腰带解松。日斜齐歇绿阳桥，汗未曾干湿透腰。放下布兜麻袋坐，等郎来接一肩挑。”这是县志中记载的诗句，也是风靡在农家田间地头的“俚语”，据说当年的柯读就在这片庄稼地里吟诵作诗。这有着陶公遗风的词句，硬是把农家捡花女的辛勤表现得淋漓尽致，别急，那里的“日斜齐歇”“等郎来”是不是一种田园美的幸福？当然是！只不过现在看来是“夫妻双双把家还”的浅唱，我却对这样的“美”的回归有着另一种诠释，那就是人们日思夜想的“田园气息”！

今天的凯瑞生态农业园现代田园气息恰恰把住了农业根基的脉，耕种和收获。

我看到大部分村民都成了园区新农民，这是他们的归宿？在工厂做工人和在庄稼地里干农活，哪一个更令他们“自然而为”？应该是农业！如果说收益相当，农活更令他们得心应手，也是令他们感到安逸和踏实的源泉。正如大哥对我说的“地还是农民的伴”，大哥七十多岁了，在离村不远的工业园区打工，每天有一百五十元收入，当凯瑞生态农业园以每天一百二十块钱请他去干农活时，他放弃了工厂里的活，走进凯瑞农业园。面对农作物，大哥会觉得那是“祖传”的活，这也许就是农业与农村在新时代里新的诠释吧。

凯瑞生态农业园的建立为我们村子打开了一条通向农业现代化的通途，在工业文明与现代农业争抢地盘时，生态农业的升维提级才是它保住农耕文明的主脉。凯瑞生态农业园不仅是示范，也给出了一条振兴乡村的方向。

从凯瑞生态农业园往南不到三公里，曼谷田园农业示范区已初具规模，这里囊括了原太泊湖区的近八千亩农田，统筹“山、水、林、田、村”的空间格局，打造“生态、生产、生活”融合的生态体。曼谷田园的打造又是将凯瑞模式推向纵深的前沿。

从凯瑞生态农业园到曼谷田园，我小时候知道的太泊湖区已完成了现代农业的变革，而这种升级是在围湖造田之后的一次躬耕革命，把湖区周边的几十个村庄全部纳入生态农业一体化的范畴，不仅是陶令田园文明的升级，也是现代农村走向更加美丽、富饶的起点。

故乡在工业的烟囱和废水污染的迷失中终于回归了农业的本源，土地的使命是“种”，不是建！当湖泊不能碧波荡漾，农田不能稻穗飘扬时，湖畔田园就只有躲在“诗”中，远方也许全是高楼林立、工厂纵横，那纵有美丽的远方，也全然没有诗意。我的故乡在跌跌撞撞中跨进了一个新时代，我为它感到庆幸。

“土地平旷，屋舍俨然，有良田美池桑竹之属”，这是陶令式桃花源的构想，如今在我的故乡，太泊湖畔的“曼谷田图”已成为“桃花源”的终极版，如果一千六百多年前的县令陶渊明先生从我的古村走进今天的太泊湖畔，一定会像那位武陵人一样惊讶于曼谷田园的“阡陌交通，鸡犬相闻……黄发垂髫，并怡然自乐”。这是陶令自然之道的构想，也是这个时代赋予田园文明的新注释。

从凯瑞生态农业园的布局，到曼谷田园的规划，家乡的生态建设俨然已超脱田园文化的飘逸，假如陶渊明活到今天，他一定会重写《桃花源记》，为他只做了八十一天县令的彭泽赋新诗一首。

作者简介：示单，本名柯龙瑞，科普作家，系中国科普作家协会科普教育委员会委员，中国散文学会会员，著有《菩莲花开》《未医之道》《跑者无疆》等散文集。有多篇散文获奖。

喜鹊儿

语　晴

那是一个寂寞的冬天，因为特殊原因，整个街道上几乎看不见人影。由于不能出门，窗户便是我与外界相关联的唯一通道。每天听完课、看完书，我便走到窗边望望远处，调整一下心情。

上午课间休息，我又走到窗边，一缕阳光穿过树枝透过窗斜斜地洒在我的身上，我眯着眼睛迎上那道灿烂，倏地，一道影子从我的目光中一掠而过。定睛一看，原来是新搬来的那对喜鹊。起初它们的小窝建在大榆树的中高处，没多久又迁至大榆树靠近顶端的部分，并最终在此定居。记得前几日，为庆祝这对喜鹊的乔迁之喜，还有不少的鸟儿前来道贺，喳喳喳喳，叫了个满枝。现在不出门就能在窗前的大榆树上看见那个黑蘑菇似的喜鹊窝，乐何如之。

这对喜鹊长得格外丰硕，雄鸟的头、颈、背和尾羽呈灰黑色，后头及后颈略有些泛紫，背部呈蓝绿色，肩羽纯白，翅黑，外翈及羽端黑色中透着蓝绿色光泽，尾羽黑色中闪着深绿色的浮光，颏、喉和胸黑色，喉部羽有白色轴纹，上腹纯白色，下腹和覆腿羽黑色。雌鸟个头略小，与雄鸟体色基本相似，但光泽远不如雄鸟鲜亮，略有些灰蒙蒙的。两只喜鹊飞行时整个身体和尾部夹成一条直线，尾巴稍微张开，双翅缓慢鼓动，在地上活动时则以跳跃式前进。它们如一道跳跃的音符，给阴郁的心情平添了一份生命的动感。

吃了中饭感觉有点困，我便靠在窗边的靠椅上打瞌睡。约莫二十分钟的光景，我就被一阵喳喳喳喳的叫声惊醒，说惊醒是因为它们今天叫得格外得响亮，而我又正在梦中做着高考卷子，而且感觉时间不够用了，我还有好多题没做，着急得很。不知道该恼它们还是该感谢它们，至少我从噩梦中醒来了。

我连忙趴到窗台处向外看，两只喜鹊就在偏低的树枝上不停地欢叫着，那只毛色略灰的雌鸟时不时地使劲用脚晃动树枝，雄鸟在旁边的枝上，眼睛望着雌鸟，嘴上也叫个不停。瞧着不像是吵架，感觉雌鸟还挺开心。我正做着各种脑补，突然听到除了喜鹊的喳喳声，还有一个低沉的声音，似乎是从喉咙的深处发出的咕噜的吼声。循声望去，是一只通体黝黑的猫。它弓着背，仰着头，面部表情有些僵硬，耳朵往两旁下压，瞳孔有些放大变圆，眼睛死死地盯着树枝上的喜鹊，喉咙里持续发出咕噜咕噜的低吼声，一只爪在前，一只爪在后，感觉此时它的爪尖儿都已伸出，牢牢地扣在地面上，那弓身的感觉似乎又像是随时要跃起。此刻，雌鸟越发的精神了，更是使出全身的力气晃动着树枝，雄鸟的叫声应该是在为雌鸟鼓劲。黑猫又是一声低吼，背部及尾巴的毛全部竖了起来，整个身体看起来像变大了很多，我感觉它是因为生气而炸毛了。黑猫脸部的表情变得愈发夸张，嘴巴微微张开，露出牙齿并发出嘶嘶的哈气声。

这下我看明白了，黑猫想要捕捉喜鹊，但是又有些忌惮喜鹊，所以不敢贸然上树。雌鸟似乎看出黑猫的小心思，便用喳喳的叫声挑衅黑猫，等待黑猫略有动作，它又使劲地晃动树枝，让黑猫望而却步，胆怯不前。黑猫愈发地恼火，想上又不敢上，更是一副极其不甘心的模样。雌鸟就愈发开心并得意，而雄鸟的眼神应该是疼爱吧，宠着雌鸟，任由它顽皮，却又时刻看护着雌鸟，以便黑猫真的有什么动作，它好护住雌鸟。最终，黑猫因对自己的不自信，灰溜溜地夹着尾巴，嘴里啊呜啊呜地碎碎念，极不情愿地走了。两只喜鹊也起身飞走，不知道又去哪儿玩儿了。

我的瞌睡彻底醒了，也突然明白了喜鹊为什么要搬家至最高处。每个有生命的物体都有着强烈的求生欲。生命能够承受多大的重量？生命有着怎样的韧性？其实我们常常是无法说得清道得明的。我们更为清楚的是生命的脆弱。“生命是短暂的，是值得敬畏的，它不像别的事物失去了还可以重新得到，毁坏了还可以重新修复，它只有一次。”生命是应该珍惜的，生命是需要充实的，生命也是要靠自己掌握的。库尔茨曾说：“谁能以深刻的内容充实每个瞬间，谁就是在无限地延长自己的生命。”想着想着，我又觉得这个冬天不那么寂寞了。

作者简介：语晴，实名申依灵，青年作家网签约作家，中国散文学会会员，湖北省作家协会会员。多次荣获全国各类文学征文奖，多次在报纸杂志上发表文章，作品入选《岁月之歌》《花开四季》等书籍，出版有作品集《晨露暮雪》。

当年北大荒那片映山红

韩湘生

当缕缕春风吹遍北大荒那片深情的黑土地时，一股浓郁且清香的泥土气息仿佛扑面而至。我喜欢北大荒的春天，因为那是一个生机盎然的季节。我更喜欢黑土地沟壑中那一片片如火焰般燃放在整个山林中的映山红。

当北大荒的白桦树吐出嫩芽，当小草开始泛青，此时黑土地的山林中最耀眼的就是映山红，映山红也叫兴安杜鹃或达子香，是它们点缀着整个山林的黑土地，这里一丛，那里一片，团团簇簇，在北大荒的四季屯、大桦树林、二道河子、哈达沿，在下马场，在大五家子，在红色边疆的青山绿水之间云蒸霞蔚，让整个荒原都空灵含蓄又热情如火。

每年春回大地，万物复苏，杜鹃花便会在山坡上、叠嶂间、路边的灌木丛中，艳丽夺目地绽放。

我在 1973 年来到那个叫二道河子的地方去修水利工程。进入 4 月中旬，在绿意还未展现在枝头之前，映山红就会像仙女下凡一般，开满了整个山林，随着春风的旋律翩翩起舞，婀娜多姿，美丽至极。

漫山遍野的映山红，让我们兵团战士和垦区职工的心花怒放。漫山遍野的映山红，有浅粉的、玫红的、白色的、大红的，最神奇的是大红的，这种映山红的花蕊是甜的，我们常常会贪婪地吸吮这花蕊的甘甜与芬芳。

一朵朵映山红，犹如少女含羞带笑的脸庞，令人沉醉痴迷，流连忘返。它们把群山装扮，它们与春光携手相约。树林中各种鸟儿和蜂蝶翩翩起舞，鸣唱着黑土地春天最美的天籁。露珠、阳光、鸟语、花香、春光、春风，还有那令人神往、身披霓裳的春姑娘，这一切的一切，将一幅北大荒黑土地、大小兴安岭及完达山最美的春之韵画卷展现在我们眼前。

工余吃饭歇脚的战友们，边吃边聆听着鸟儿的歌声，沐浴着满眼的春光，闻着诱人的花香，他们的欢声笑语回荡在远处葱茏的白桦林间……一种世外仙境的感觉溢满心头。

北大荒红艳似火的映山红，让整个宁静的山林黑土地极尽喧哗。一簇簇的映山红，在我赴北大荒九年生活的道路上涌动。还有一些不知名的山花，红的红，紫的紫，一路走过去，花团就一路延绵铺展开去。北大荒的映山红伴着我成长的脚步，伴着我很多难忘的记忆，走过了那些风风雨雨的蹉跎岁月。我爱北大荒，我爱黑土地那一片遥远的映山红。

如今离开北大荒这片黑土地已有许多年了，但那山、那树、那花、那草、那些黑土地的亲人们，还有那片永远开在心上的映山红，在我人生长河记忆的词典里，终将常念常新，让我回味悠长……

作者简介：韩湘生，中国小说学会会员，中国散文学会会员，中华知青作家学会副主席，现任《荒土文学》副总编，《文学月报》杂志社常务主编，青年作家网签约作家，《文学与艺术》签约作家，已发表作品700余篇，多篇文章在全国各类征文大赛中获奖。出版个人作品集有《那一片遥远的山林》《梦中的白桦林》《岁月的歌吟》。

扶摇直上（外一则）

宋瑞芳

眉公曰："多读一句书，少说一句话。"余曰："读得一句书，说得一句话。"多年来，我就秉承着"小窗自纪"一书中的这句话应对着人间俗事。

忧愤而读书，书却解了我生活中的万般无解与无聊。书影响到我最深的一段路程是在二十年前。

那年，我是改革中的一朵浪花，原本我有一份不错的工作，为了解决两地分居的生活模式来到夫家，让三岁的女儿拥有左手牵爸爸，右手牵妈妈的幸福。无疑，任何一个家庭，幸福有幸福的根源，不幸有不幸的根源。在鱼和熊掌不可兼得的时候，我牺牲了自己。

然而，生活中，似乎所有的放弃都是重塑的开始，我也不例外。我一边陪伴孩子成长，一边做起了养家糊口的小营生，在家做好肉夹馍后，到当时的车站出摊。在小镇没有规划之前，所有的"石油班车"都聚集在一个地点，统称车站。班车大大小小几十辆，承载着上万名职工上下班。这个时候，我看到了商机，当时，车站上没有一个摊位，我是唯一一个出摊的人，外加我精湛的厨艺，天时、地利、人和都让我一个人占了。那些年，生意火爆，火爆到我做不出卖来。为了烙更多饼，黎明前起床都是晚的。通常，深夜三点之前必须起床烙馍、做卤肉。我做的肉夹馍、蛋夹馍至今无人能敌，令很多"饼客"回味无穷。

那段岁月累吗？辛苦吗？实话实说，累，也辛苦，不知为啥，我用毅力坚持下来了。

回忆那段岁月，很长的一段岁月，我出摊十五年——人生有几个十五年？十五年里，我不仅仅陪伴女儿成长，也陪伴了一代人的记忆，很多孩子是吃着我的馍长大的。不得不说，那段岁月没压弯我的腰，相反，却挺直了我的脊梁。在日后的日子里，我有足够的底气应对生活，包括我自己的养老保险、医疗保险，包括供女儿上大学，包括女儿大学毕业上班的第一辆车，还有女儿不菲的嫁妆，我都能一一应对。殊不知，一件小事因为有了坚持的力量，就可以做成让自己自豪的事。而这些底气来自读书。

一边做生意，一边陪女儿读书。自小学起，我和女儿几乎没看过电视，她写作业，我读书或者做家务。我们娘儿俩从读第一本《诗经》开始，女儿能背诵上百首诗的时候，我似乎也能吟诵五六十首诗了。诗经里的生僻字居多，我这个中学毕业的女人，为了认识那些字，居然翻坏了一本字典。就这样日复一日，年复一年，我这半拉文盲，在女儿大学毕业之际，居然也拿到了两本作家协会证书。一个是胜利油田作家协会证书，一个是德州作协证书，这两个地域，也诠释着我居住地的身份。

读书，然后到写作，读读写写成了我半生的喜好，在这个自媒体时代，各大网络媒体也给文学爱好者提供了平台，我的很多作品不仅仅发表在纸媒、刊物上，也发表在最权威的平台上，像强国博客，我的博客被誉为“人民网强国博客最具有影响力十大博客”，我写的书评被人民日报客户端推荐。

书啊，简直让我扶摇直上，与大鹏一日同风起的是生活的态度。我把苦难当成一所大学的生活态度，造就了今天优雅自若的我。喝茶，插花，读书，写作，跑步，过上了我想要的日子。

来自巢穴的问候

那是元宵节前夕的傍晚，太阳回归到地平线，只留下一抹灿烂的红霞挂枝头。

这是日常我跑步的时间段，2 月的春风摇曳着树枝，枝头上面的鸟巢也随风摇摆，无论风怎么晃动，鸟巢一样安稳地坐落枝杈之间，出出进进的鸟儿时不时用嘴衔着一根小木棒架构鸟巢，它们巩固鸟巢的方式很有意思，错落有致，鸟巢上方也有遮盖的木枝，像极了屋顶，穴口微微翘起，这是鸟妈妈怕小鸟乱爬掉下来而特意设计的。远看，特别精致。里面也有些细细碎碎的枯草，像极了被窝。这一棵树，是在广场的东方，是一棵大树，有着数不清的枝丫，枝上又生枝，别看现在枯萎着，过不了几日，春风会绿枝头，满树的海棠花，让眼眸澄清，游客眷恋，树下拍照者络绎不绝。试想，枝叶繁茂的季节，粉红色的花朵间一个鸟巢安逸的坐落于此，两种生命在眼前晃动，这种感觉是不是醉了时光。

这是一条我每天跑步必经的路，每每路过此地，我总会放慢脚步，驻足一会儿，观看鸟儿们的天堂生活，看着一只只鸟儿飞进飞出，听着鸟儿们的叫声，不知道它们呢喃细语地聊着什么，我只感受到它们的无比快乐。

蓦然间，我产生一个突兀的想法，想一探鸟巢究竟，还想问候一声——鸟儿你好！无疑，鸟儿也充满灵性，那种人来鸟不惊的泰然处之令我敬佩。

此时此景触及我的心房，我的心房，是不是也和鸟巢一样，用时间的线段构建了自己的“心巢”？答案——是的。

很多年来，我害怕自己活得不像“人样子”，我害怕北风刮来刺耳的嘲笑声。这种嘲笑，起初是有的。只不过在秋风流水中，我用我的努力，一一打败了疾病、贫穷，在时间的宅地基里构建了一个牢不可破的心巢，这个“巢穴”，不是居住旧的破房子，它没用一砖一瓦，用的是一笔一画，在字符跳跃中错落有致的“文化堡垒”。

自 2007 年 11 月，我的处女作《不再让母亲流泪》在教育部中国写作学会会刊、写作核心刊物《写作》上发表以后，我的心巢上用时光的烙印构建着所有不能接受的坏消息，突然消失了。那一刻，我仿佛一下子开窍了，成熟了。我不再关注流言蜚语，不再关注东家长、西家短了。我只关注读书、写作、投稿，外加出摊挣钱、养家糊口了。

此刻回想起来，可不就像眼前筑巢的鸟儿一样吗，风雨摇曳中不问东西，自顾自地建自己的巢，过自己的人生。

时间变成记忆的虫子，钻进最深的那个洞，那里有生命的年轮，年轮上挂着用汗水换来的钱财，也挂着我忙里偷闲写满年轮的稿子。

来自心巢的问候，问候中，也有不知未来的答案。

记得我二十年前出摊，累得实在不行的时候，我把烙馍的灶台上面，用写满励志像“毅力”“坚持”“恒心”等词汇的卡片挂满墙。孩子爷爷还活着的时候，看到满墙的话语，心疼地告诉我：“孩子，如果真的坚持不下来，就别出摊了。小磊（他儿子，我丈夫），能养活起你。”我挺感激老人家的话。但是，注定要强的我，不怕吃苦，把一件出摊的小事，坚持了十五年。直到孩子考上大学那一年，我不干了，华丽转身。转身后，依然铸造心巢，依然痴迷创作生活。

不为别的，只为让命运向左向右，让生活向上。

作者简介：宋瑞芳，笔名孟姜女，春上村妇，爱好文学，逆笔起锋，云端写诗，为青年作家网签约作家、德州市作家协会会员、胜利油田作家协会会员，荣获全球华人家风征文比赛三等奖、青年作家网第二届散文大赛二等奖。

雪中情思

张英姿

清晨醒来，站在高楼中惊看窗外，鹅毛般的大雪纷纷扬扬飘落下来。地上铺的是雪，厚厚的、软软的；对面的楼顶上落的是雪，皑皑的、松松的；树上盖的是雪，积雪把树压弯了腰，像是在给路过的人们行礼。

那绵绵的白雪装饰着我们的世界，万物银装素裹，宛如人间仙境。匆匆吃完早餐，我实在按捺不住内心的喜悦，迅速戴上暖和的绒线帽，裹上一条大红围巾，咚咚咚，急不可耐地下楼，欣赏这洁白无瑕的迷人画卷。

“忽如一夜春风来，千树万树梨花开”，一场大雪光临我们的城市，那玉树琼花，为萧索寂寥的冬日增添了一道亮丽的风景。在这晶莹剔透的雪天里，我欢快得像个天真孩童，脚踩着咯吱作响的积雪，身后留下一串串深深浅浅的脚印，此刻脑海浮现出宋朝杨万里的“独来独往银粟地，一行一步玉沙声”。一直没有撑开携带的花伞，任轻盈飞舞的雪花亲着我的脸颊，落在我的冬衣上，真想装扮一回梦中的白雪公主啊！

虽值岁暮隆冬，天寒地冻，但这漫天飞扬的雪花，掩去了万里尘埃，净化了俗世，我好似忘记了寒冷，伸开双手让雪花轻轻落在我的掌心，片片融化在心间。我就这样放缓脚步行走在雪地里，静静聆听雪花飘落的声音，闭着眼睛幻想它不会停……

不知不觉间，我走入附近公园的大门，沿着健身步道向前，右边可见的是一片枝叶披上银装的竹林。冬日的修竹不畏严寒，依然那么葱翠，生机盎然。我想起唐朝高骈的两句诗：“六出飞花入户时，坐看青竹变琼枝。” 大意是说六角形的雪花飘舞着飞入了窗户，诗人自己正坐在窗前，看着青青的竹子变成玉般洁白。我太喜欢这瑞雪皑皑的童话般天地，缕缕思绪也随着雪花飘飞，仿佛能穿越千年的时光，感受古代诗人的闲适意趣。

在健身步道的左边，是一大块高地，首先映入眼帘的是几株蜡梅和青松。在百花凋零的冬季，蜡梅是冬天里最耐寒的花，枝条上绽放朵朵金黄，正如南宋诗人戴复古所写：“依然色尚黄，雪中开更奇。”蜡梅没有绿叶的陪衬，没有蝴蝶的依恋，没有蜜蜂的嬉戏，却笑迎着翩翩飞舞的雪花，傲然挺立于凛冽的北风中。紧挨蜡梅旁的松树，一年四季总是那么郁郁葱葱，总是那么秀丽挺拔，细针似的绿叶展示着生命的无穷活力。此时此刻，我挺胸昂首向天，大声吟诵老一辈革命家陈毅元帅的豪迈诗句：“大雪压青松，青松挺且直。要知松高洁，待到雪化时。”

想必是公园管理工作人员的有意布局吧，健身步道的两旁栽种了竹、梅、松岁寒三友，它们在风雪之中经历严寒的重重考验，愈发彰显英雄本色，有元朝诗人白朴赞曰：“苍松隐映竹交加，千树玉梨花。好个岁寒三友，更堪红白山茶。”

我轻轻抖落身上的雪花，继续向公园高地的树林里走去，只见高大的樟树巍峨挺立，主干粗壮挺拔，像一个堂堂正正、胸怀宽广的伟丈夫。原来樟树也四季常青，笑傲风霜。无论夏天还是冬天都蓬蓬勃勃，充满朝气！它们的根紧扎在沃土里，而枝叶相触在云里，撑起一片绿色的树荫，恰好和地面的厚厚积雪交相辉映。我环顾四周，不远处还有一片红杉林，棵棵笔直挺拔，树枝尽管稀疏，但仍残留一些红黄叶，树木被落雪点缀得自有一番韵味。

穿过高地的树林，就直奔斜坡下盛开的梅花林。我徜徉其中细细观赏：它们五彩斑斓，红色的艳如桃花、灿若云霞，粉色的如描似画、柔情似水，白色的冰肌玉骨、清雅脱俗。在这数九飞雪天的酷寒之中，梅花因有傲然怒放、姿态秀美、香远益清的特点，故被历代文人墨客所称颂，如唐宋八大家之一王安石的“墙角数枝梅，凌寒独自开。遥知不是雪，为有暗香来”。诗人笔下的梅花，洁白如雪，生在墙角但毫无自卑，默默地散发清香。他对梅花不畏严寒的高洁品性大加赞赏，用雪来比喻梅花的冰清玉洁。又如宋代诗人林逋的“众芳摇落独暄妍，占尽风情向小园。疏影横斜水清浅，暗香浮动月黄昏”。诗人又为我们描绘了一幅寒冷冬日里别样的画面：百花摇落凋谢之后，唯独有梅花迎风冒雪昂然盛开，那明媚艳丽的景色把小园的风光都占尽了。梅花稀疏的影子横斜在清浅的水中，清幽的芬芳浮动在黄昏的月光之下。

记忆中梅花有许多别名，可我最喜欢 “香雪”这个雅称，似乎雪与梅与生俱来、天造地设，彼此依恋，相得益彰。梅雪相映，交织成一幅绝美的梅雪图景。

你看，雪在梅里，梅在雪中。在那“千山鸟飞绝，万径人踪灭”的禅境，只有梅花在风雪中摇曳，柔韧而坚强，展现最美的花魂。

怀着崇敬的心情，重温毛泽东主席的《卜算子·咏梅》诗词：“风雨送春归，飞雪迎春到。已是悬崖百丈冰，犹有花枝俏。俏也不争春，只把春来报。待到山花烂漫时，她在丛中笑。”伟大的人民领袖挥笔，把雪中梅花的坚贞美丽、勇于报春、谦逊豁达表达得淋漓尽致。

古往今来，不少诗人往往把梅、雪并写，其中宋朝卢梅坡的两首诗就进行了很好的说明，“有梅无雪不精神，有雪无诗俗了人”“梅须逊雪三分白，雪却输梅一段香”。雪花伴梅花，是因为没有雪的映衬就无法凸显梅花的高洁、傲骨，同时没有梅花的绽放，雪地就少了盎然生机，显得寂寞而单调。

“数九寒天雪花飘，大雪纷飞似鹅毛。浩然不辞风霜苦，踏雪寻梅乐逍遥。”这是唐朝山水田园派诗人孟浩然在风雪中拈梅轻吟的佳句。踏雪寻梅历来是冬日里的雅趣，我们的情感和古人完全可以相通，因为彼此都是赏花人，守着那一缕缕梅香，心怀盈盈诗意。

临近中午时分，在返回的路上，雪还在不停地下，仿佛一只只白色的蝴蝶在空中飞舞旋转。放眼公园广场的空旷雪地上，孩子们穿着厚厚的棉衣棉裤，呵着冻得通红的小手，一起来塑雪罗汉。不，宝贝们异口同声地纠正我，说那是在堆吉祥物“冰墩墩”，喜盼北京冬季奥林匹克运动会开幕！

共赴冰雪之约，让奥运精神闪耀中国之光，鸟巢体育馆将点燃熊熊圣火，这是我们华夏儿女的共同心声，必将为千年诗意的中华增光添彩！在千里冰封、万里雪飘的北国冬奥赛场，将迎来全球体育健儿的竞技大比拼，展现冰雪运动的魅力和风采！

飞雪簌簌，漫舞苍穹，凝望山川大地分外妖娆！雪就是寒日里轻盈飘逸的可爱精灵，书写绝尘的浪漫，让我情思缱绻、浮想联翩。来吧，来吧，在这迎接虎年的大好雪天，一起为北京冬奥会鼓劲加油！

作者简介：张英姿，安徽宣城人，高级工程师，青年作家网签约作家，中华诗词学会、中国女摄影家协会会员，曾出版个人文集《诗心吟语》。

我的故乡，一座孕育了一王二侯三驸马四丞相的文化小城

徐 苗

小时候，乡愁是一枚小小的邮票，

我在这头，母亲在那头。

长大后，乡愁是一张窄窄的船票，

我在这头，新娘在那头。

这是我们中小学课本上的余光中老先生的现代诗歌作品《乡愁》。提起我的故乡江西省乐平市，十七岁念大学之前的人生都在那里度过，那一方水土养育着我。

家乡乐平市很小，小到承载不了我这种充满野心、渴望不断展翅高飞的姑娘，但当你回望，家乡的气息早已烙印在记忆中，无法忘却、无法改变。

乐平市地处江西的东北部，属于千年瓷都景德镇代管的县级市，地处鄱阳湖盆地边缘与赣北丘陵交界处，气候温和。这里的常住人口是八十五万左右。县城历史可以追溯到东汉光和元年。因其“南接乐安河，北临平林”而得名，至今有一千八百年历史。它靠近乐安江、鄱阳湖，物产丰富，有史以来一直是长江中下游地区的鱼米之乡、全国大型蔬菜基地，号称江南菜乡。

作为江西省历史文化名城，它有几张拿得出手的名片。

中国古戏台博物馆

提起乐平，比较独特的历史文化遗产就是中国的古戏台，这是中国古代文化所遗留的瑰宝，被称为中华一绝。

古戏台是集建筑、雕刻、美术、文化于一体的美学建筑，目前已成为国家保护的历史古迹。

乐平境内有四百一十二座古戏台，主要供赣剧表演。散布于全市各乡村，建筑时间从明清至当代，跨越五百余年。据考证，乐平古戏台大致分为宅院台、庙宇台、会馆台、祠堂台和万年台五种，其中最多见的是祠堂台和万年台。不管是

哪种戏台，都具有相同的格局，均为传统的砖木结构，正面均为牌楼式，三楼、五楼不等。

它们的造型精美绝伦，屋脊中央一律插有方天画戟，有的方天画戟插在彩瓷宝顶上，屋脊的两端分别饰有造型优美的鳌鱼，台上几乎所有的木构件上都刻有精美浮雕：琼花瑶草、祥禽瑞兽，而游梁、随枋、三架梁、抢头梁、穿插枋上及牌楼各层之间则雕刻了许多戏文。

近年，政府启动了非常多的资源对这些戏台进行翻修、保护、重建。前年春节期间，我也和家人一起去位于市中心的古戏台博物馆一探究竟，感受中国古建筑的魅力。

“洪公气节，马氏文章”发源地，文化名人众多

作为著名的文化城市，它涌现出一批文化名人。

洪皓是南宋名臣，二十七岁那年高中进士，在京城的殿试中广受好评。为官清廉，曾经不惜为当地百姓劫持皇粮，愿以一身易得十万人命，被称为“洪佛子”。后被掳到金国，面对高官厚禄、威逼利诱不为所动，终于在被捕的十五年后全节而归，因此被称为“孙武第二”。此外，他教子有方，三个儿子分别中了状元、榜眼、探花。因此市里也有纪念他的公园，以此来铭记他的气节。

另外一位历史名人就是著名的南宋史学家马端临。他用五十年的时间写出一部《文献通考》，史称三通之首。作为著名的历史学家，他笔下这部辉煌的历史著作，部门广、内容多，竟出自一人之手，可知其学问功底的深厚。马端临天资聪慧、勤勉好学、家学渊源，他是右丞相马廷鸾之子。将这本书与司马光的《资治通鉴》联合起来读，对一个时代的风土人情、典籍制度、著名人物就有了全面深入的了解。

历史上不乏其他知名人士，特别是宋代，高中进士的乐平子弟不胜枚举，还有号称驸马村的村庄。

现代也有众多名人，如革命战士吴日新、胡远豪等。

乐平自唐宋以来孕育了一王，二侯，三驸马，四位一品相，五位状元、榜眼、探花，三百多位进士以及众多革命先烈。

唐宋以来，江西省在中国文坛士大夫中占据重要席位，唐宋八大家中占据三家，宋朝时期满朝文臣有一半出自江西省，而乐平正是江西省颇具分量的文化名城。这无一不证明其源远流传的文化底蕴。

在现代，乐平的莘莘学子在读书升学方面更是全力以赴，全市的北大、清华等名校的录取率高于其他省内县市。当年我的小学同桌，也是我们重点小学重点班的班长，后来考上了清华，我的初中同班同学中的学习委员考上了中国政法大学。

回忆起小学、中学时代艰苦奋斗的求学经历，从初三开始就上晚自习，高中三年上课从早上六点四十分到晚上十点半，那是我们那一代学生所拥有的刻骨记忆。

小城里的地域美食众多

如果提起乐平特产的话，那么一定会说到桃酥和乐平狗肉。

乐平桃酥以其用料讲究、制作精良、酥松可口、营养丰富等特点，先后荣获省优、部优和首届中国食品博览会金银奖等八项桂冠，被海内外食品专家誉为“中国桃酥王”。

另一个冷门食物就是狗肉，其制作历史已经有两千年了，可谓历久弥新。乐平狗肉的制作工艺匠心独运，望之黄莹油亮，闻之香气扑鼻，食之回味无穷。

除了这两个有名的特产外，还有诸如炒米粉、油条包麻子、萝卜蒸饺、塔前糊汤等特色美食。

除了这些美食外，我脑海中深深印刻的还有小学时代，在放学回家的路上有个一毛钱的莲藕汤。新鲜出炉的粉莲藕，特别清香入味。这是我童年时期最喜欢的解馋之物。

还记得刚出国留学那会儿，特别怀念在家乡从小吃到大的凉拌米粉，配一碗紫菜汤是上学时期最常见的早、晚饭，也许这就是我们熟悉的家乡味道，带着浓郁地方特色和强烈的乡土情结。

如今，故乡依然是留在心尖的一轮明月，我们已然回不去了，但它明显在我们身上留下了南方文化小城特有的温婉知性的气质。

有人说："你的气质会被生养的城市所赋予，纵然你走向了异国他乡、天涯海角。"我亦如此，哪怕几度留学，生活过三个国家四座国际大都市，游历过十六个不同国家，足迹遍布大部分中国省市，骨子里依然浸润着千年文化小城的文艺气息。如今三十而立，我在一线城市买房置业、安居乐业，偶尔只是每年过年回去待上几天，看看故人和故土，也许人走到生命的尽头会落叶归根，回到当初生养自己的地方。

曾经我少年时代的梦想就是将来有所成就后可以在家乡建立希望小学，捐赠学校，帮助更多和少年时代的自己一样心怀感激、渴望展翅高飞的孩子。

这个梦想现在看来依然很遥远，却并非无法实现，因为还有至少几十年的光阴等待着自己去奋斗。

因为在我看来，对于故乡，我们无非是受其所养，承其所志，壮其未来。

作者简介：徐苗，笔名徐小仙，主业为高级营销经理，第二职业是自媒体创业者。青年作家网签约作家，全国演讲大赛二等奖获得者，齐帆齐商学院合伙人。

奔跑在希望的田野上

孙小妮

这十几年，让我魂牵梦萦的一直都是乡间的那条小路。

小路笔直幽静，路两边长满了形态各异的植物。春天路两边是刚发了芽的小草。夏天这里满是金黄的稻田。秋天是飞舞的蒲公英围绕着路两边的小花。到了冬天，眼前搭满的帐篷里全是鲜美可口的果蔬。这是一条多么美的路啊！不光我，几乎所有人都喜欢这条路，每天都有小孩在路上追逐打闹，年轻的妇人在路边散步，青年学生早上从这里晨练一路到学校。看着他们矫健的步伐，跑起来有蝴蝶从他们身边飞过，生命的气息伴随着阳光和朝气向我涌来，当时只觉得生命真美啊，拥有无限可能，而我仿佛是一只躲藏在暗处的毛毛虫，羡慕地欣赏眼前精彩的一切。

“哎，明天我们去晨跑吧！”邻居小楠邀请我去跑步。对于小楠的邀请我心中充满期待，在这条路上矫健地奔跑是我一直以来的梦想。第二天我赴约来到太阳刚刚升起的小路前。看着路两边的小草都染了白霜，我心里却像住进了一只小鹿般怦怦乱跳。看着小楠跑出去我也迈开腿向前奔去，看着小楠越跑越快我也开始加速。跑着跑着身体却突然痉挛，手脚不听使唤，扑通一声我整个人趴在了地上。“这样都能绊倒？看来你不适合运动。”小楠回头看了看我，又向前跑了起来。留下我跪在那条充满花香的路上默默流泪。从此小楠再也没有找我跑过步，我也只是远远地看路上的人嬉笑打闹。

那几年，我除了躺在家里养病，就是去医院检查、取药。时间久了，我以为生命的过程就是生病、吃药，不会有其他的精彩和意外发生。小楠是这些年里唯一约我跑步的人，虽然没有跑成功，但心里对小楠有深深的感激。有时候躺在病床上我也幻想过有一天我要比小楠跑得还快，但是走两步就痉挛的手脚让我渐渐放弃了这个想法，我怕别人笑话我不受控制的手脚，更怕摔倒在小路上，从此我只能在梦里徘徊在那无尽芳菲的小路上。时间一久，我也渐渐想明白，世间生病的人千千万，总不能都这样郁郁寡欢，虚度余生，就算跑不动也要走出一条属于自己的路。而困在囹圄的人，想要冲破阻碍，总需要一些时间和机遇。

2013年我十九岁，在家里病了好多年终于可以下地慢慢走路了，我也默默写了好多随笔，看了很多书，想着今天比昨天进步一点便是最大的幸事。虽然还是痉挛，但是能被我控制得不让人发现了。我开始想着去找工作给家里减轻压力。那几年我做过超市售货员、商场营业员，也摆过地摊。因为想法清奇，显得与周围的人格格不入，我变得自卑敏感，常常一个人独来独往。后来，我开始边写作边投稿。写作也是我认为最开心、最有价值的事情，因为写作不仅能倾诉情感，也能与文字相伴。

在写作的过程中，我认识了绿茵，她算是我的长辈，给过我很多建议和指导。我时常幻想，觉得她就是一个美得不像话的女博士，不然怎么会这么有才华，能写出如诗般美妙的文字。等真正认识她的时候，我被绿茵深深震撼，她是一名重度残疾人，全身只有左手的手指和脖子能动，为了写作，她整个人平趴在地上，脸对着平板电脑，用左手的两根手指一个字一个字地把文章敲出来，用这样的姿势写完一篇文章要五个多小时。好似能体会绿茵这些年经历的苦和难，我被她感动得说不出话来，内心好像有千言万语，最后只能为她落下两行清泪。我问她为什么这么努力，她说为了自己，也为了给年迈的父母一个交代，他们拼尽全力养了二十多年的女儿也在努力地活着，努力爱上这个世界。

后来，我跟绿茵说起田野间的那条小路，每次做梦，梦里那条小路总是开满了柔美的鲜花。绿茵说："有机会你去小路上痛快地跑一场吧！"我问她摔倒了怎么办，绿茵说："摔倒了你再爬起来接着跑。你看我连摔倒的机会也没有了，能摔倒，能爬起是件很幸福的事情。"当时我被商场除名正郁闷地待在老家，听到绿茵的话，我冲出家门到小路上慢慢地跑了起来，路两边开了零零碎碎的花，向前边看去，小路上的视野特别开阔，夕阳的余晖映在田野上有种说不出的美。跑着跑着感觉手脚不听使唤，我就停下来缓了缓再跑。慢慢地，我跑到了小路的末端，小路的尽头有一条清澈的河流，河里有鱼儿摆尾，还有几只野鸭被我吓得乱叫。就像绿茵说的："你的田间小路一定到处都长满了你的希望和期待。"当时我只觉得全身充满了能量，吹来的清风都是希望的味道。当天晚上我就收拾东西回了浙江，准备重新找工作再接着看病。我相信未来一定会越来越好。

生命无常，无论顺境逆境，都要努力地奔跑下去。能够展示自己生命的独特和精彩，才不枉负来世间走一场。

作者简介：孙小妮，业余写作爱好者，喜欢读书，写诗歌、散文，多平台签约作者。在《山西日报》《延安日报》等多家报刊发表作品。只愿赋予文字灵魂，抒写出点点滴滴的光照亮每一位读者朋友。

杜鹃山旅游景区

宋志军

“碾子山车站到了，下车的旅客请从右侧车门下车。”

我在座位上站起身，把旅行箱取了下来，随着下车的人流走出了车厢。天刚破晓，淡青色的天空还镶着几颗稀落的残星，一股风夹着寒气迎面袭来，针一般刺进肌肤。

火车晚点了，侄子早已在出站口等了多时。

侄子接过旅行箱，这时过来几个人问：“要不要打车？”侄子忙说：“谢谢，自己有车。”我问侄子：“你的轿车可不可以在农村也跑出租，拉客挣点汽油钱？”“老叔，现在可不是罗锅上山钱紧那时代，家家都有车。车，就是代步工具。打农药都用无人飞机……我家的远红外线监控器，几千里之外，随时在手机上通过它看到家里，村里连狗都没有了。”我们边走边唠，走到停车的地方时，淡青色的天边抹上了一层粉红色，粉红色下面藏着无数道金光。坐上了车，我随手按动车门上的按钮，门上的玻璃窗降到了一半，我将目光向外投去。轿车离开停车场拐了两个弯开上了通往龙兴的省级公路，太阳像火球一般拨开耀眼的云彩蹦了出来，把火一样的红光倾泻到公路上、公路两侧的树木上和整个田野上。鸟儿叽叽喳喳地在树上闹成一片，枝枝叶叶间都响彻着颤动的、喜悦的欢唱。我欣喜若狂，多么美丽的日出。侄子的手机突然响了，里面传出侄子的小女儿的声音：“……接没接到……新功村……杜鹃山……旅游景区……”

我目光重新转向外面的时候，黎明灿烂的景象已经消失。脑海里只有新功村、杜鹃山、旅游景区？

刚要问，车进了屯子，家人早在大门口等候了。

吃完早饭，忘记了旅途上的疲劳，与家人一行七人乘两辆车，兴致勃勃前往新功村杜鹃山旅游景区。今天是 4 月 26 日，齐齐哈尔市龙江县在龙兴镇新功村举办第二届杜鹃花节。

新功村位于龙兴镇镇政府北侧，距镇政府五公里处。沿途车流、人流络绎不绝。行驶到新功村九队时抬眼向村西南望去，一枝枝、一簇簇、一团团、一片片、一颗颗、挨挨挤挤，像燃烧的火焰，如喷雾的红霞，漫山遍野，荡漾着无限的热情和生机，让人心旷神怡，那里就是杜鹃山旅游景区。再看沿途的柳树，柳枝似乎冒出了一些新绿，但枝条还是僵硬的，不够柔软。地面上的小草探头探脑不肯完全钻出来，背阴的地方还残留着没有融化的积雪。

真是两重天！

车只能停在景区四里以外或九队的村子里，景区里人满为患。

我们把车停在村里，步行去旅游景区。路过一家标有“豆腐西施”的农家乐小院、院里挂着彩色的风车，我好奇地站住了。一个身穿带有新功杜鹃山字样蓝底素花制服的女人——三十岁左右，浓眉大眼，面如满月，走出来说道：“进来看看，我们的农家乐都是客人爱吃的农村风味，到这里旅游的客人没有不到我们小院品尝的。”我忙说：“我是看你们家的风车很有特点。”她答道：“这风车是旅游部门帮我们设计和安装的。”我说：“难怪这么有特点，是专业人士设计安装的。”她又说道：“不吃饭没关系，进来看看。我们家的大豆腐、干豆腐，非常有名，你可以买点带回去尝尝。”盛情难却，我随她走进小院，侄子在小院外等着。小院有十多张桌子，能容纳二三十人同时进餐。一板大豆腐正备着，干豆腐也切成了小块。她说：“中午有二十人订餐，豆腐是必点菜。”一看，她家豆腐确实与众不同。上山大豆腐不好拿，我买了几斤干豆腐。临走时，她说：“过两天你再来，我们小院采摘园里的黄瓜、香瓜、西红柿就可以摘了，那都是一点化肥、农药都不上的绿色食品。西瓜有红瓤、黄瓤两种，我们家的采摘园是政府扶贫资助的。”

走出红红火火的农家乐小院，抬眼向花团锦簇的旅游景区望去。漫山遍野似锦如霞的杜鹃，像一个个火球在燃烧，让你感受到春的信息。顿时，心里有种冲动，立马要扑到它的身旁。我加快了脚步，边走边对侄子说：“我上初中时，一个同学是新功村的。那时听他说，到了雨季，山洪冲出一条条‘水打沟’侵蚀了大片农田，村民的住房被冲毁。”“老叔，县里早治理了‘水打沟’。山上的杜鹃花就是村民的金山银山。”

说话间，杜鹃山的拱形山门、蒙古包、规范的停车场映入了眼帘。停车场上一个空余车位也没有，密密麻麻地停满了车辆。

踏进山门，铺天盖地的杜鹃，层层叠叠，像绵延的锦缎，像耀眼的霞光，像绚烂的彩虹，又像空中的一群彩蝶翩翩起舞，向我飞来。

浪漫的杜鹃四月开，火红的笑脸迎客来。

沿着上山的路前行，一股细细的清香直沁人的心脾。看！这一树紫红色的花冠十分娇艳，明亮耀眼，惹人注目。那一树绿叶都没有，光秃秃的紫红色的虬龙似的枝条上长出红色的花苞。那还有一树枝条上长出嫩绿的叶芽，花苞张开了嘴，羞答答地向外张望。一树一树的，每一树杜鹃花都是一首诗。让人陶醉在花海中。瞧！那展开的花瓣，娇艳得就像绸缎。花瓣弯弯曲曲，犹如仙女的裙裾，将人带入缥缈的世界，让人精神倍爽。杜鹃花真美啊！凡是生活中美的事物都是劳动创造的。是谁积年累月用自己的汗水浇灌着花，像抚育自己儿女一样培育着花苗，终于培养出这样绝色的好花？应该感谢那些为我们美化生活的人。

“想看杜鹃花，正是好时候。若是‘五一’来，就是杜鹃花的尾声了。”一个人边说，边向我走来。

我问：“你是常来的游客？”他说他是山下的村民，也是旅游景区的护花员。

我又问道：“古语说，看花容易栽花难——栽培杜鹃花一定也很难吧？”

他答道：“景区里生长的杜鹃花都是野生的，名叫兴安杜鹃花，是杜鹃花科，半常绿灌木，高一两米，叶椭圆形，花紫红色，花瓣呈喇叭形，叶、花、根均可入药，喜光，耐半阴，喜欢生长在崇山峻岭的陡壁上。生命力旺盛，随遇而安，有的开在路边，有的开在岩缝，有的开在林间。”他边说边抬起右手向山顶一个岩缝指去，我的目光顺着他手指的方向望去，那里真有一树杜鹃花，随风摇曳，频频点头，那么耀眼，像在召唤我们。

我不觉“噢”了一声——想不到这里的杜鹃花都是野生的。

他误会了我的意思，赶紧说：“你不信吗？这里的杜鹃花还能让人感受到大自然的神奇和美丽。不仅花开灿烂，还随着时间的推移改变颜色，花开初期是红色，继而变为粉色，接着变为紫色，最后变为白色，令人称奇。在严冬里孕育花苞，顶着雪花怒放。但是怕虫害，一年四季，不知得操多少心呢，还要修剪枯枝。”

我望着他的手，那双手满是茧子，沾着新鲜的泥土。我又望着他的脸，他的脸黑红黑红的。不用问，这些都是整年整月拿出全部精力在景区里培植花木的结果，美就是这样创造出来的。

正在这时，一群小孩过来了，叽叽喳喳叫个不休。有个小男孩伸手要去折断一枝花枝，他跑了过去。

我望着他的背影——生活中的美，人人都得去爱护。

不知不觉来到了山顶，极目眺望，火红的杜鹃点燃了整个山野。烧得蓬蓬勃勃，烧得五彩缤纷；身穿五颜六色衣裳的一群群游客在花海里畅游，也像一树树花，像一树树燃烧的杜鹃花在游动。

作者简介：宋志军，男，黑龙江省齐齐哈尔市人，中共党员，转业后到农业银行长春市分行工作，中国青年作家学会会员，青年作家网签约作家。

情满登山杖（外一则）

赵国虎

七年前的一个冬日，我不明就里地参加了一次壶峰古道徒步群的户外登山徒步活动，居然一天就在山间行走攀登了约十八公里。山里那清新的空气、清澈的涧流、绵延碧绿的青苔，还有那连平时旅游都无法见到的奇峰异景，让我流连忘返，忘了疲劳，忘了季节。在跨越、攀登险处时的那种血脉偾张的心跳和涉险过关后的得意和满足，以及那大汗淋漓的畅快，大家发自内心的孩子般的纯真笑声，团结协作、群策群力的真诚，无不让我刻骨铭心。这是一种我从未有过的别样的体验和享受。我从此爱上了户外，一发而不可收拾。我陆陆续续加入了一些户外群，一晃就是七年。这七年，情满登山杖。

我不会忘记，那一年，那一次，攀登建德千源山。途中有一段一百五十米左右的险峻地带，尤其是那最后的三十来米，山脊如削，只有半米来宽，两边几乎都是垂直的万丈深渊，且寸草不生。我本来就恐高，其他人都过了，就留下我最后一个。我两手两脚并用，爬了最后那三十来米的三分之二，就匍匐在那山脊上，进不敢，退不能，动弹不得。这时，一位“驴友”坐在峰顶，甩下一根绳子，说：“绑牢，抓住绳子，上。”我这才攥着绳子，终于战战兢兢地爬了上去。其实这个“驴友”他自己也是毫无攀附，如果我失手他拽着绳子不放，那么，他也将会随着我一起掉下深渊。真的是危难时刻见真情！

我不会忘记，那一年，那一次，攀登仙居外环线。那是初秋，天气炎热。到了下午，我带的水不够了，只能省着喝。但是省了水，却中了暑，户外最怕的就是饥渴。“驴友”“华人”给了我十滴水，群主“黑蜗牛”把他自己的最后一瓶矿泉水匀给了我一半，并寸步不离，一边鼓励一边陪伴着我。两个多小时后，我终于顺利地下了山。这是兄弟的陪伴，真的是患难见真情！

我不会忘记，那一年，那一次，我们穿行在东阳和磐安交界地带的大山里，下山时，一个女“驴友”被脚下的树根绊倒，小腿骨折。“驴友”们马上有的帮忙固定伤腿，有的动手制作担架。为了避免二次伤害，保证女“驴友”的安全，群主“黑锅牛”向磐安山地救援队发出了求援电话。一个多小时后，志愿者就来到了山下，六七个人花了两个多小时，克服重重困难，轮换着用担架把我们的女“驴友”安全地抬下了山。这可是在山上啊！他们个个汗流浃背、气喘吁吁。下山后，他们还表示，可以根据伤者的意愿，送她到医院或者送回家。当我们询问需要多少救援费时，他们只是微笑着摆了摆手。在我们目送着救援车离去时，大家都感动不已。我们和他们素昧平生，只是因为群主的一个求援电话，他们就火速赶来，且分文不取。真的是召之即来，来之即战，战之即胜，毫不利己，专门利人，这在这个物欲横流的世界，是多么的难能可贵！

我也不会忘记，那一年，那一次，攀登仙居白刀岩。晚上七点多了，可我们还在崎岖险峻的下山路上，“驴友”大多都没有带灯。我的一盏头灯，照亮了自己，也照亮了他人。

我更不会忘记，那一年，那一次，在冰天雪地里，“驴友”带的酒，一声“干杯”，温暖了大家。

我当然也不会忘记，每次户外，妻总是早早起床，一边做早饭，一边准备着上山的一切。

我还记着，每次户外，总是会有人主动在前面披荆斩棘，搭桥放绳；每次户外，也总是会有人主动断后，做收拢队队长；每次户外，在险处、难处，也总是会有人主动站在那里护卫帮助。还有“木易清风”“飘儿”等摄影师，总是背着沉重的相机上山，不厌其烦地给大家拍照，让大家留下精彩的瞬间。每次从户外回来，常有人会在群里或吟诗赋词，或写下游记，用文字记录这一天的美好，让我自愧不如。

我更记着那些全心全意为“驴友”服务的无私群主——温文尔雅而博学的“对着天空微笑”、永远走不累的帅哥暖男“黑蜗牛”、与人为善且睿智的“无为”，宽容而又有好脾气的“默默”。每次活动，他们都要提前做好功课、选择线路、联系车辆、处理突发事件，不但要把队员们带上山，还要把队员们一个不落地带回家。不为别的，只是因为喜欢，只是为了一群来自各行各业的志同道合的户外登山爱好者。

我还记得，是户外登山意外地激发了我的文学创作激情和灵感。在参加第一次户外登山后，十多年不写作的我，一回来就写下了一篇《我爱你——祖国的山、祖国的水、祖国的绿色林海》的散文诗，后发表。在穿越江西武功山后，在回家的高铁上，二十来年没写诗的我，居然一口气写下了《爱你爱到千万里》《我只想》《穿越武功山》三首诗，并和图片一起制作成“美篇”，首次被“美篇”推荐到了首页，并首次被加“精”，后又被“美篇”选为武功山达人，并从此重新开始了我的文学创作，陆陆续续在报纸杂志和网络平台上发表了数十篇（首）文学作品，其中在中国作家网上就发表了二十来篇散文，在青年作家网上发表了三四十篇（首）的散文诗歌，真的是酣畅淋漓！

我户外登山七年，登山鞋穿破了好几双，登山杖也换了一次，但我对户外登山的执着和美好的向往依然如故。几乎每个周末，我都手执双杖，和“驴友”们攀登在险峰峻岭，行走在高山密林，穿越于云里雾中，乐此不疲。“驴友”间的深情厚谊，也如同陈年佳酿，越来越香，越来越醇，越来越甘甜，情满登山杖！

作别我的小山庄

有些事，就如人们的初恋，虽然早已天高云淡，但总是让人难忘。

二十二岁，那是多么美好的青春年华，朝气蓬勃，激情奔涌，充满梦想，就在那时，我来到这个偏僻的小山村。

村子被群山环抱，村头有几棵古树，村前有一条小河，河上有一座古桥，还有那蜿蜒的古道。学校里没有电话，也没有电视，这里也没有一个我的朋友，只有那一盏孤灯和那一捆带来的旧书。“枯藤老树昏鸦”“小桥流水人家”“古道”也是有的，“西风”和“夕阳”当然也是有的，只是没有“瘦马”，我自然就成了那个“在天涯”的“断肠人”了。

在这里，我整整工作生活了两年。今天，我收拾好行囊，独自一人，站在校门口，作别这个小村庄。

这时已近晌午，我眼前，民居沿阶而建，黛色的瓦背上升起了袅袅的炊烟，先是一家、两家、三家……然后便是整个村庄。这不断弥漫开来的炊烟，渐渐地随风飘向墨绿的山峦，我的眼前，便像是笼了一层轻纱的梦幻。

我回转身，环顾着我的校园。我的校园坐落在这个小山村的东北坡，地处村子的最高处，它是一座颇为现代的正方形四合院，黄瓦白墙。大门朝东，门口有一排白杨，拾阶而下，是一个小操场。校园后面是后山，一条古道蜿蜒向上。校园小巧、温馨而静谧，犹如一个世外桃源，倒是个读书研学的好地方。

我要走了，我还会回来吗？

两年里，那些天真无邪的孩子，天天陪伴着我，我看着他们一天天成长；两年里，只要我情绪低落，愁眉不展，便会迎来关切、担忧和期待的目光；两年里，我若偶染风寒，便会有碗蛋汤在厨房；两年里，每逢过节，就有乡亲送来的小吃和特产。我还喝过那么多家的酒，吃过那么多家的饭，还有这家的猪三福、那家的小溪肥鱼和鲜美的羊汤……

我真的就这么走了吗？我还会回来吗？

我想起了那一场雪，那是我到来后的第一场雪。那是一个寒冷的夜晚，大雪漫天飞扬，一直到第二天的半晌。两节课后，我挥挥手："上操场！"孩子们一拥而上，犹如厚厚的白絮铺就的小操场，顷刻间成了孩子们欢乐的海洋。忽然，传来了银铃般的声音，三五个热情而又养眼的少女来到了我的校园，鲜艳的服装立刻给洁白的操场注入了春的浪漫。那如火的鲜红，那如霞的粉色，还有那奔放的米黄……忽然，一团雪球朝我飞来，紧接着就是三团、五团……孩子们在那几个少女的带领下，欢呼着，叫喊着，大笑着，捏起一个个雪团，奋力向我扔来。我不由自主地跑进操场，捧起那厚厚的积雪，拼命抵抗。不一会儿，我便寡不敌众，败下阵来，逃回了那个四合院。姑娘们带着我的学生，欢呼着，叫喊着，紧紧追赶。我赶紧逃入寝室，锁上门房。但还没等我拍净身上的白雪，他们便已打开了我的窗户，雪球就像雨点一般砸向我、砸向地、砸向桌、砸向我的床！

这是我来到这个小山村后的第一次、也是唯一一次的放纵狂欢。

热闹之后便是寂寞，这是心的孤寂。下午，我早早地放了学，独自一人，打开学校的后门，沿着后山的古道，踏着厚厚的积雪，拾阶而上。我站在山巅，极目远眺，感受着那“山舞银蛇，原驰蜡象”的壮丽。我两手叉腰，饱览着这银装素裹的大好山川。我解开大衣，敞开胸襟，仰卧在山巅的瑞雪上。我微微地闭上双眼，让这飘飘洒洒、洁白纯净的雪花，悄无声息地抚慰着我那孤独、苦闷、痛楚的心房。我站在山巅，仰天长啸：“啊！”让压抑在我心中的苦痛、无助和愤懑，在这高山峡谷间激烈地奔腾回荡……

晚上，另两位女老师，生起了一盆炉火，帮我烘着湿漉漉的大衣。我坐在炉火旁，左边的她，纯朴善良，如长姐一般；右边的她，是一个清纯的美丽姑娘。这个学校的老师就我们仨。红红的炭火，温暖着我，也温暖着她俩。

我又想起了村前的那条小河。夜晚，我有时就会悄悄地打开四合院的侧门，踩着月光，漫步来到小河畔。清澈而又浅浅的河水，在月光下水波粼粼。河堤上的垂柳，那依依斑驳的影子，在水中倒映。我独自一人坐在河边的石头上，点燃烟，让我的思绪，随着烟圈，一缕一缕地慢慢融入晚风，让它在皎洁的空中自由飞扬；我低下头，把我的孤寂和心事，还有那希望，随着我的目光，一滴一滴地缓缓注入清泉，让它把我的忧伤、把我的苦痛、把我那无法对别人诉说的衷肠和向往，带向远方……

我还想起了在那次文艺汇演上学生的诗朗诵——我亲笔创作的《攀山》：“……任你顽石铺路/任你荆棘绊脚/我不会改变/决不会改变//我心中的航向！”我还想起了那一支惊艳山村的采茶舞，想起了那棵高大的桂花古树，想起了……这两年的点点滴滴，一件件、一桩桩，都一起涌上了我的心头。

我解开了我的行囊，决定再住一晚。我沿着坎坷不平的小道，一户一户地去家访，给我的学生送上我最热情洋溢的褒奖；我踏着时上时下的台阶，一家一家地去向我的朋友致谢道别，送上我最真诚的感激和最美好的祝愿。

第二天，我终于背起了行囊，挥挥手，告别了我两年的青春，作别了这个让我心扉紧锁的孤独的小山庄。我骑上单车，踩着晨黎，向着朝阳，奔向我心中的远方……

作者简介：赵国虎，浙江武义人，中学教师，青年作家网签约作家，“美篇”认证的文学领域的优质作者，被评选为青年作家网2021年度优秀作家。

流淌在心底深处的过往

陈　圣

一

岁月如歌，多少往事，穿越时光，依旧让我感受这段风景，很美。满载而归的过往，从我记忆的长河流淌而至。多少人、多少事、多少景，都无法逃脱恍惚久远的吟诵。唇齿留香的乐章，虽然渐行渐远，然而，唯独我，依然把心底深处的情感，编织成感人肺腑的歌谣，不加任何修饰。心中的故事，永远是最美的。

其实是在念初三的时候，与木木老师结下了不解之缘。他是母校的宣传部主席兼《晨曦》文学月刊的主编，对于爱好文学的人来说，那份职业很神圣，充满着深厚的文学底蕴。我很想报名参加，但是自己才学疏浅，又担心被木木老师拒绝，毕竟自知有多少分量，只好在岁月里遥望不可及，带着伤感度过了三年的初中时光。

然而迈入高一的门槛，我开始每天往校广播室投稿，同时也往《晨曦》文学月刊投我写的诗词，虽然那时写的东西在木木老师眼里可能微不足道，但是我心有不甘，还是坚持继续写。

我依稀记得，那是一个云淡风轻的晌午，听到广播室传出来的声音，里面念到我的名字，心里无比激动。没过多久，《晨曦》文学月刊刊登了我人生第一首诗，木木老师还约见了我们爱好文学的学子，组织了一场文学创作采风。

那次的文学采风，叶平家里有事给耽误了，我们坐着摇晃的班车，来到秋山的脚下。木木老师，以文起兴，每个同学都情不自禁地吟诗作对。第一次与木木老师近距离接触，第一次交流文学、探讨文学。

像放电影般回忆曾经的过往，刹那间镜头又投向了高二文理分科那年，木木老师成了我们文科班的语文老师。当时我在任课老师表单上，看到他的名字，我想这就是缘分。学生时代的记忆中，他一直把我们当成亲人，给予我们学习上、生活上的关怀。他带过的学生，每个人都记得他的优点、他的温暖。

二

步入社会后，我们经常书信往来，我脸皮比较厚，每次都唤一声“木木”，如亲兄弟般交流，随意地闲聊，侃人生、侃生活里的点点滴滴。

以泪书情，剥落岁月的尘埃，木木老师、叶平同学，浅唱低吟，探讨古典文学，读懂一代君王李煜的愁思百结，不爱江山，只爱美人、爱诗词。

一字一句皆是情，一诗一词亦有爱。如果他不是南唐皇室，就可以远离朝廷的纷争，就不会沦为阶下囚。

李煜奠定了后期的苏轼、李清照在情感领域进行创作的基石。木木老师，激发了我们对文学的梦想与向往。

眼前的路，看似平坦，细细去品味，不知里面的过往到底有多少辛酸。木木老师，是我生命中的贵人；木木老师是唯一一位把语文课堂用文学来讲解的老师，让我们感受到，这不是语文课堂，更像是文学殿堂里一场文学鉴赏交流会。

木木老师的千言万语，让我拎起梦想的行囊，去寻找诗和远方。

一生难得的知己，我心中尊敬的导师，我文学道路上的引路人。人生每处的亮丽风景，因美好而妖娆，因感动而落泪。珍惜当下的情缘，一辈子，勿忘。

眷恋这光的柔情，缱绻这文字里的祝福，远方来的鸿雁，里面珍藏着我与木木老师那份情，已超越了师生的那种情谊。满天深邃的星辰，凝聚了我心底深处那份情。晨光的温暖，荡漾在我的心间。

在我青春札记的扉页，写下了字字叮咛，寄给远方的你：

拾梦，星星和月亮悄悄在我心扉驻足

圆梦，拎起岁月的行囊静静地平放

远方的你

从我梦中走过

留下朦胧的回眸一笑

月色很美

我还在那个驿站

等你

我的岁月
经时光雕琢
成了唯一的艺术品
我走了，留下了你的故事和青春
你来了，甜蜜中又带了点酸涩

梦里，我们悄悄对话

时隔多年，翻阅那本札记，与木木老师的过往历历在目。这辈子，木木老师是我唯一记忆深刻的恩师，也是我一生的挚友。

三

年终岁尾，每个人都忙碌起来。奔跑在城市一线的打工族，坚持站好最后一班岗。或许还有一些人，如乡里的伯母和婶婶们，赶集般去杨桥墟场，置办年货。笑声、讨价还价声、店家掌柜的吆喝声、小孩子的哭声、汽车鸣笛声交织在一起，汇成了一首美妙动听的乡村三部曲。时而高，时而低，错落有致，总带点旋律，琳琅满目的年货街市，俨然一幅最美乡村画卷。

小时候，我们盼着过年，因为出生在20世纪80年代初期，当时还没有改革开放，祖祖辈辈都是靠干农活换取微薄的家庭收入。只有过年，才可以吃上像样的饭菜，穿上像样的衣裳，长辈给五角的压岁钱也是非常大方的。这段难忘的时光，我从来没有忘记。那个年代，不像现在的智能世界、5G网络时代，两人在很远的地方，可以随时随地利用微信视频聊天，现在连购物都不需要带现金。时代在进步，世界在变化，人们的视野也在跟着进步。

生活富裕了，过年的内容变得丰富多彩了。多元化的春节元素点缀着除夕的年味。大年三十，一家人坐在一起吃团圆饭。吃完团圆饭，开始贴对联、挂灯笼，把在年货市场购置的盆栽摆放在客厅门口，热热闹闹的，一派祥瑞喜庆的气氛。想到这些，我不经意间对除夕情有独钟。春节即将到来，木木老师又开始张罗家乡的春晚，慢慢拉开乡村春晚的帷幕，新年的杜鹃绽放出沁人的芳香。

今年不能回老家过年，又要错过木木老师主持的精彩春晚了。每年除夕的前一天，木木老师都会在村宗祠前面那个广场举办“情系家乡，牢记乡愁”乡村春晚——有相声、魔术、情歌对唱、诗词朗诵、舞蹈表演，节目丰富多彩。每年在木木老师的策划下办得有声有色，艺术氛围很浓厚，向世人展示新时代农村淳朴的民风以及千年的传统文化。

过年的味道，除了吃、穿、玩、乐，精神层面的东西我们也不能缺。乡村春晚已成为在外务工青年及留守村民心中感人的情感剧和眼中亮丽的风景线。家不在别处，故乡就在心里。年味很浓，每年我们在乡村春晚中幸福地度过。

很庆幸，在生命里遇见了你。

流淌的过往，不管是过去、现在、将来，你一直陪伴着我们。

有你的地方，到处充满着温馨和快乐。你的背影很美，因为你那里有太阳和月亮，我开始把昨天的太阳折叠好收藏。

作者简介：陈圣，笔名木彦，江西省吉安市永新县九都双溪陈家村人，东莞市作家协会会员，中国现代作家协会会员，青年作家网签约作家，《青年文学家》杂志社理事会组联部长等，多篇文章散见于《清风文学》《井冈山报》《花开四季》《作家文学》《河南科技报》《青年文学家》《散文百家》等纸媒。

回家（外一则）

何智琼

他是我生命中最亲的人，明明跟我通着电话，话题如往常一样漫无边际，我突然听到嘭的一声，我们的交谈戛然而止。仿佛烟花，在夜空中迸发、消失、了无踪迹，只留下一团气息让我追忆，让我始料不及。

这道伤口，难以示众，也无法说明。

与他那踏实有序的一日三餐，清香软糯的米饭，并肩坐在床头的朗读，为琐碎之事操心、争论、和解，好像各种贵重的原料发出的芳香，有蜜的味道。

他只是远行，杳无音信而已。

我避免同别人接触，大部分闲暇时间在图书馆里度过。在家里，我常常翻阅还留在床头、他未曾读完的《忧郁的热带》，书页上有他阅读时留下的气息。读到他曾为我朗读过的章节——“看到如此一无所有的人类，心中充满焦虑与怜悯，似乎是某种永不止息的灾难把这些人碾压在一块充满恶意的大地上面，令他们身无一物，完全赤裸地在闪烁不定的火光旁边颤抖”，他的声音，犹在耳际。

一心阅读，不问世事，我在等，等他回家，始终无法恢复正常心态。

周末，我常一个人沿着寥廓山脉，穿过大片的坟场，徒步抵达南海子，然后再沿路返回；或沿着乡间山路，爬上翠山峰顶。一个周末接一个周末，路线就这么两条，循环往复。有时，山道空无一人。

我发现，大自然真是丰富多彩，遍山的绿，一个礼拜接一个礼拜地逐渐浓了。道旁树林苍翠，四季都有一些不知名的小野花在盛开。在翠山的半山腰，看起来真是变化无穷，有时云遮雾罩、热气蒸腾；有时雨幕风帘，乌云密布。如在夏日，每当艳阳高照，就闻得到树木清甜、繁花飘香；每当细雨如丝，嗅得到泥土的芬芳，嗅得到隔年落叶的如梦令朝。偶尔有鸟鸣。在冬天，寒风凛冽，天色萧瑟，我面对的空旷山谷，层层延展的山峦，如同一幅画卷。我心里常想，这样的景致，他会喜欢。他若在，一起看，该有多好。

疲累的夜晚，我常做梦。在梦里，我觉得自己是一个幸运的人，找回了一切。梦中，在傍晚时分，在清晨微露，在和煦温暖的午后，将手放在他温暖厚实的手里，让他牵着，走在鲜花遍地的山谷，爬上清亮洁净的山峰，在暴雨过后泥土散发出的清香中，我们默默看着眼前的一切，苦难与星空。我们仿佛来自深海的两个生命有着与世隔绝的自在。牵着的手，光阴握在掌心里，没有语言。

语言无法穿越生死。

我把这些梦境写成随笔，使劲回首张望，某年某月，我和他，曾重逢。

几年后的一天，我突然毫无征兆地发起高烧，这场高烧却让我感到某种享受。我觉得很虚弱，同时又感到轻飘飘地舒畅，体内的很多东西被掏空了。那是一种愉快的感觉，柔软包围着我。我翱翔起来，在模糊的意识里，他裹挟着我在绿白色的湖面上凌波微步。两旁是茂盛潮湿的树林，大量萤火虫栖息其中，点点萤火，看到我们，从四面向我们飞来。亮光如同雪花，轻轻散落在半空、湖面。

我们飞越到一块空旷无垠、满地小花的荒野，躺在草地上，如孩童一样，把双脚抵在一起，双腿举向天空，发出喜悦的笑声。我分明感受到他脚底传递给我的温暖气息，我分明闻到母亲种植于房前的栀子花散发出来的馥郁香气。我仿佛听到有雷声划过。

他说，小雨，我们该回家了，我一定要把你送回家。

几年了？！我终于听到他的声音。如此真切，心里充满喜乐。

我突然醒来，他仿佛是我生命中的一只蝴蝶，只要我睁开眼睛，他就远走高飞，不见踪影。

当我高烧退去，从医院出来，我发现那场灾难带给我的麻木不仁已经悄然消失。我常想起医生为我诊断时出现的困惑，他问我冷不冷、全身有无酸痛感时的样子。我告诉他全都没有，我只是感到极度虚弱才来医院的。他说奇怪，一个成年人高烧到这个程度，无常见症状，真是少见。对此，我却有个自我诊断，那场灾难带给我的疼痛，已经制服了我的肉体，麻痹了我的神经，或者说在它摆脱我之前，这场莫名其妙的高烧已成定局。

痛过之后，我终于明白，他的人生旅途早早到达终点，短暂的一生以高度浓缩的方式与我度过，彼此深爱，难分难舍，我眼前的一分钟就是一百年。我之前抱定不放的只是无限思念而已，它们像火焰，虽然注定要归于寂灭，但我意识里的景象，是它喷薄而出的那一刻的亮度，照亮我的余生。它让我清醒地意识到，我的一半已随他长眠地下，他的一半已深植于我的生命，我要带着他，简单温柔地去生活。

我又重新阅读了斯特劳斯的《忧郁的热带》。这是一种“家乡不到十年间，鱼鸟今应怪我还”的感觉。记得希腊哲学家说一个人不可能两次踏进同一条河流，怎么会有返回从前那个故乡之事呢？重读这本书，不是为了留念，而是为了重新出发。《忧郁的热带》其实是一部关于人类学的著作，有目的，同时又无目标，是成功的，同时又是徒劳的，一个人的经历同它相比，又有什么差别呢？

我的记忆里还会听到他坐在床头为我朗读的声音——“我记得在克里夫顿海滩的一次散步，海滩在离喀拉嗤不远的印度洋边。走过两英里沙丘和沼泽之后，是一片长长的黑沙滩。那天海滩上几乎没有人，不过，在祭典的日子里，人群涌入，坐骆驼拉的车，骆驼打扮得比主人更艳俗。海色绿白，太阳正西沉，一片光亮似乎从沙中海中升起，天空像是背光，一个老人，包着头巾，向邻近正在烤肉串的餐厅借来两张椅子……沙滩上只有他一人……”旁边是他的眉批——雨说这段景致太有画面感，真美，她喜欢。

一个灵魂如此安然地切合宇宙。

是的，我喜欢。

友　情

在我童年的时候，有过一段友情，她是同村的一个女孩。她的家和我的家前后排错落。

十二岁冬天的一个寒假晚上，雪花漫天，她站在我家门外，来喊我去她家吃烤红薯。昏暗的灯光里，她衣裳单薄，她的脸冻得像一朵春日的桃花。

我们牵手慢慢走在雪地里，任由雪花飘落在我们如水的长发上。在她家，一边烤着火，一边剥红薯吃，甜蜜而幸福。一个假期没有见面，我兴奋地说着学校里的各种趣闻和新同学的事，说话说到困倦，就和她挤着睡在一起，她浓密的长发散发着清香，睡意朦胧中撒了我一头一脸，我用手去拨。屋外，大雪纷飞。

那时，我刚考到县城读初中，她还继续留在小学里补习。我的父亲常年在外地工作，母亲忙得天昏地暗，基本没有时间管我。我们都是不常和家人在一起的女孩。她的家庭不幸福，父母经常吵架，在她母亲的吼叫声中，他父亲有时沉默，有时会伸手给她母亲几记耳光，然后就突然消失，一去就是一月半月。之后，他父亲会牵着一匹马或者一头牛回家。他父亲在做家畜生意。她父亲很疼爱她，总会给她一些零用钱。

我们有着同样隐秘、艰涩而无法消解的疼痛，她常对我说她烦死了，要是没有她父亲，她可能会立即去死。我会对她说我不知道自己到底是怎么了，我不会想念任何人，包括我常年不能见面的父亲。

我们都没有长大，还找不到消解疼痛的路径，我们这样诉说，以这样的方式理解着、体谅着对方。

假期里，我们整天待在一起，常到镇上的书店里用她的零用钱买连环画看，黄昏里，我们坐在村头的石拱桥上把书店里并不多的连环画一本一本地读完。我看的时候，她只是紧挨着我坐着。她不看，我看完就讲给她听。

这段往事，使我对女性之间的友情一直保持着某种信仰。这里面，没有好奇，只因共同的愿望而靠近，我们像两个敏感的孩子，拥抱取暖。

之后，我随母亲到父亲工作的地方生活，渐渐脱离了童年生活的那个地方，离开了村头那三座相连的石拱桥，离开了她。

这期间，我们彼此写过很多书信。在书信里，我曾对她说我要当一名老师，我希望我一个班一个班的孩子会把他们的孤单和疼痛向我诉说。而她总在不同的城市迁徙，她说她不知道自己的根基在哪里。

青春就像一条高速公路，途中需要穿越一个又一个的黑暗隧道，才会达到一个未知的所在。我们俩各自都发生了许多事情，有悲喜，有失落。许多记忆因时间的埋葬，已深不可挖。

后来，我们各自恋爱了，那时总以为恋爱能彻底地拯救自己的孤独，但在付出了很多代价、耗费了很多时间和精力后，才能够知道，这种想法是多么错误。

我们各自结婚生子，平淡地工作，过着安稳而自己觉得幸福的生活。十几年的时间，我们失去了彼此的音信。

2014 年的暮春，在我后知后觉的时候，厄运却轻描淡写地在我的头顶来来去去，仿佛一只大夹子一把将我从温暖舒适的生活里揪起，然后重重摔落，我突然失去了生命中最重要的亲人。她闻信后赶来看我。一直记得她喜欢吃香蕉，我在家里为她备了一大串香蕉。

夏日的午后，窗外大雨滂沱。她如水的长发不见了，短短地、粗糙地烫着卷发。紧紧地挨着我坐着，她仿佛感受到了我的内心正如那个大雪纷飞的午夜，我们走在雪地里，任由雪花落进我们的长发里。我们没有话说，沉默着。

夜晚，我们一本一本翻看我的影集，看到那张发黄的老照片，照片里两个少女的笑容，明亮得耀眼。现实却让人如此伤怀。她说这张照片她也是一直带在身边。我们对生活有着一模一样的看法，一家人安适平静就好，而命运的变故，让人惘然。我们凭借那段少年的友情，以这样的方式，给予对方如初的温暖和安慰。

告别的时候，我去送她。

我们各自成为心怀感伤的女子，但没有什么怨悔，在大雨中平静地挥手告别。

作者简介：何智琼，笔名何小雨，女，青年作家网签约作家。

不一样的春节

赵文珠

壬寅年，又是非常特别的一年。

没有爆竹声声，更没有一点点人间烟火。这古老的盛京城，显得格外安静。

身在外地的人，感受到一份浓浓的思乡之情。

只能靠一个承载着寄托、与相思之苦的手机，用自己早已伤痕满满的手，给自己最亲近的人，打着电话。

诉说着离别之苦，而接电话的，或者是满面沧桑的老者，或者是略带稚嫩的孩子。

尽管，满身疲惫，但是依旧要保持微笑，不让自己的亲人担心。

而电话的另一边，模糊不清地说着:“儿子，你在外面有没有挨饿受冻？你住得怎么样？吃得好不好？”

此时，我早已经泪流成河。只有把眼泪擦干，说:“妈，我一切都很好。恕孩儿不孝，不能陪伴在您身旁。让您操心了，我真的非常想念您，永远忘不了您给我做的鸡蛋饼的味道。”

而患有小脑萎缩的母亲，早已不记得，依旧重复着嘘寒问暖。

为了不使那边的母亲伤心。我只能一遍又一遍说着，直到母亲能够听懂。

这样，她或许能回想起，我儿时在家乡过年的情景。

儿时，我总是充满着好奇探出小脑袋，走得不太稳，牵着母亲，一起过着喜庆祥和的春节。

别出心裁的窗花，一不小心就会被我撕得稀碎。那是母亲用灵巧的双手，一笔一画，勾画出来的。

再用灵巧的双手，慢慢裁剪出来。

透过纱窗，看起来十分好看。

这就是传统文化所带来的无限魅力。

金碧辉煌的龙门璀璨夺目，鲤鱼欢快地跳跃着，等待着一跃而起，变成能够呼风唤雨，祈求国泰民安、风调雨顺的五爪金龙。

还有一对年画娃娃，红彤彤的脸上露出灿烂的笑容，手里捧着金元宝，预祝新的一年都能够财源滚滚。

“慈母手中线，游子身上衣。”每到新春佳节，漂亮又别致的新衣服是她在油灯下，用她那粗糙的双手，反复编织而成。一点都不比商场里面的任何款式差，这就是母爱所寄予的情感。

还有一句老话，上得厅堂，下得厨房。母亲做菜肴，我永远不能忘记，那带有淡淡清香的鸡蛋饼的味道。将蛋清与面粉交织在一起，用勺子勾起来，把搅拌好的鸡蛋倒入大大的锅里。这样，一张张鸡蛋饼，就做好了。这就是爱。

渐渐地从回忆之中被拉回来，而此时此刻，那边的母亲早就挂断电话了。

如今，我回过头来，早已身在灯火阑珊之处。

新春佳节，最忙碌的是交通警察，他们让道路更加畅通无阻。还有依然奔跑在道路上，为千家万户送上热气腾腾的饭菜的外卖小哥。其实，像这样普普通通的人很多，但是他们依旧坚守在各自岗位之上，舍弃自己充满温暖的、温馨的小家，为新春佳节里万家灯火的团圆，奉献了自己的光与热。

作者简介：赵文珠，辽宁省沈阳人，辽宁省散文学会会员，青年作家网签约作家。

回家的路

龙仕倩

《常回家看看》这首歌相信大部分人都听过，但现在的人都忙于工作、忙于上学，回家的时间就少了。歌中唱道："找点空闲，找点时间，带上孩子，常回家看看。"家中的妈妈是唠叨的，爸爸是忙碌的。有时候不是我们不想回家，而是回家的路变长了，我们的空闲时间也变少了。

回家的路会不会随着你的长大而变长呢？在我读小学的时候，回家只需走上十多分钟便到家门口了。上初中时，如果坐车的话需要十分钟，走路则需四十至六十分钟。而来到城里面读了高中后，回家的路大概需要两个小时。随着我的长大，进入了大学，如果在省内读大学回家估计要一天，而在省外读大学的我，回家需要两天的时间。上小学，我们是一天回一次家；上初中，我们是每个星期回一次家；上高中，我们是每个月回一次家；而上了大学，每一年或者是半年才回一次家。我们在长大，而我们回家的路在变长，回家的次数也在减少。

随着年龄的增长，每次回家的路上都想着不同的事情。上小学，放学回家想着要去帮父母干农活，还是在家做饭等父母回来；上初中，回到家想着周末是在家复习功课，还是跟父母去干农活；而当我们进入高中，回家的次数就越来越少，有时回家会遇上阴雨天气或者是班车晚点出现堵车的现象——因为我那时读高中，从城里到乡下的路还在修，因为是下午上完课才回去的，回到家已经很晚了——有时候父母还在等着我们吃晚饭。

而上了大学，回家的路变得更长了。坐在回家的车上，有时我会在车上看一会儿书，有时候看窗外的风景，有时在听歌。临近实习的那次回家，我坐在回家的车上，想着学业结束以后在省外工作还是回来老家这边；是先就业再择业，还是先择业再就业。不同时期的我，坐在回家的车上想的事情是不一样的。

有人说：有父母的地方就有家。

去年我回家过年时，由于卫生间是在门外面的，大概晚上八点，我上完卫生间回来看到父母坐在家里并且开着灯，才深深地感受到这句话的分量。不管回家的路有多长，我们要常回家看看，听一下妈妈的唠叨，尝一下爸爸做的饭，品一下家乡的乡愁。小时候，乡愁是一张小小的邮票，我在这头，家在那头。生活上的烦恼可以和爸爸说，工作上的事也可以跟妈妈分享。

有句话说：有钱没钱，回家过年。过年时，儿女回到家便是给家中父母最好的礼物。子欲孝而亲也在，常回家陪陪父母吧！不管回家的路有多长，有多坎坷，毕竟父母在的地方就是家。

作者简历：龙仕倩，笔名卡卡不卡。来自彩云之南，青年作家网签约作家。在空余时间喜欢阅读各种各样的书籍，特别喜欢关于中国历史的书籍，喜欢用文字来回忆和记录生活。喜欢的名言：看书的厚度决定你看世界的高度。

过穷日子的母亲

刘相龙

一

大牛的母亲花儿快六十岁了，是一个地地道道的农村妇女，有农村人的朴实善良，也有对油、盐、酱、醋开支花销的计较，也爱和一群老大娘们坐在一起拉东家长西家短。

她为这个家忙碌了大半辈子,省吃俭用了大半辈子,也过了大半辈子穷日子。

过去，庄户人家辛苦劳累起早贪黑地忙，但是挣不了几个钱，上有老下有小都要照顾到了，日子得精打细算地过。大牛打小家里不富裕，父亲有些学问，但是郁郁不得志。虽然做过一些平常人没机会做的营生，但都没个好结果。大牛的母亲叫花儿，是那个年代满村芬芳兰香红中的一朵。

花儿嫁到婆家之初的辛酸没人能懂。公公分家的时候只分到了一百块钱、一头老母猪，还有一把铝做的水舀子。第一年，用了这一百块钱艰难地过了日子，第二年便把母猪卖了。

也是这年，大牛呱呱坠地。新生命的降临虽然给这个家庭带来了欢乐，但是日子依旧清苦。月子里的花儿常常以泪洗面，清汤寡水的食物难以下咽，甚至有一次还吃出了虫子，恶心得她几天都吃不下饭。她怨婆婆，可婆婆也是为难。没过多久，她便含着眼泪抱着大牛回了娘家，一住就是三年。

二

那个年代，基本指着男人外出挣点辛苦钱养家，女人大多是不外出的。那时候时兴做花边儿，花儿每隔几天赶个集，集上有头子放活儿。拿回家后就跟老婆、小媳妇们聚坐在一起缝花边儿，虽然挣得不多，但能做的也差不多只有这个了。

这时期的大牛不用看，也没人撵得上。他们这一代人多，伙伴多，从村头疯到村尾没人管，即使中午不回家也没人找。等到饿了自然会回家，回到家母亲也不问，饭厨里就那点东西。几个煮熟的地瓜，还有放在盐缸里腌过的咸豆腐块。

吃完了不够，大牛喊妈，花儿也不管，一心缝她的花边儿。其实，大牛不知道，即使喊破了天也不会有，这一顿就这些，这是他跟母亲的。

日子风风雨雨地过着，有些东西在变，有些事情也是不会轻易改变的。街上已经多出些走村串乡的小贩吆喝卖着些东西。偶尔有卖果子的经过，也有卖糕点的停留。

有一次，大牛就被一个卖油条的深深地吸引着，馋得围着人家的油条看了又看，转了又转。花儿跟几个媳妇儿就在一旁缝花边儿，仍然不管不问。

后来大牛满地打滚哭得死去活来，引得一群人指指点点之后，花儿才不甘心地花了一块五毛钱买了几根油条，扔给了躺在地上的大牛。然后也不缝花边儿了，急匆匆地回家，把自己关在房间里，哭了半天。

三

大牛从小是吃三家饭长大的，姥娘家、自己家、奶奶家。奶奶很疼爱他，做了好吃的总要来喊。其实，他从不挑食，啥都能吃，所谓好吃的，不过如此。

花儿巴不得他每顿饭都去他奶奶家吃，因为自己啥都可以凑合。孩子给他奶奶养，也省得自己发愁。

大牛不挑食，也不挑穿，因为没得挑。花儿怕是都不敢回想一共给他买过几件新衣服，或许一件，或许不过两件。一直到小学三年级时，大牛的衣袖因为脱线脱得一只长一只短。后来他大姨知道了大牛还在穿破衣服，送来几件他表哥穿不了的衣服。花儿乐得都合不拢嘴了。

都说农村人朴实，会过日子，可人们也常常叹气不过能怎么办，不能偷，不能抢，不发不义之财过得心安理得。

大牛那郁郁不得志的父亲在尝试过很多营生之后也低头妥协了，老老实实地出去做了民工，收入不多但也稳定。他得给家庭一个保障，他得给省吃俭用、辛苦持家的妻子一个交代，他欠她的，是的，欠了很多。而花儿也觉得欠孩子的，欠了很多。大牛也欠父母的，欠得更多。他没懂父母劳碌奔波的意义，也没看过家里那本难念的经。

四

“书中自有黄金屋，书中自有颜如玉。”

读书是文明的传承，读书也是人民的希望。农村人盼什么？并不只是祖祖辈辈留下来的那一亩三分地，虽然这是命根子。更多的人还是希望下一代能读好书、上好学，以后有个好出路。

大牛的父亲受过高等教育，自然对孩子有莫大的期望，从小到大一直严格教育，但大牛并不是在学习上表现得聪明的那一种，他成绩平平，偏科特别严重。

父母教育孩子有个特点，往往是父亲前面吼，母亲后面哄。这样都不对，但是这也是家庭中一个现实的问题。花儿没有大学问，但是有作为母亲的大爱，她自知挣不了多少钱贡献家庭，能做的就是持好家，一日三餐让大牛吃好。至于学习成绩，她没有高要求，起码从没明说要求大牛如何。她觉得孩子起早贪黑上学不容易，只要不捣蛋、不惹事，本本分分地做人就行。

大牛上学走得早，花儿每天都要早起为他准备吃的，很简单的一碗打卤面，没有肉。读了三年初中，大牛吃了三年面条，但是从没嫌弃过，直到现在，他最爱吃的还是这口儿。

以前家里穷，要啥没啥。如今日子过得好些了，花儿尽量满足丈夫跟孩子的需求，对自己却是一如既往地苛刻。过惯了穷日子的人往往都是这样，这并不是思想落后，只是一个朴实的平凡人的基本表现。

她其实更希望家里有钱，日子过得更好。但她也许永远不会花钱，或者是舍不得花钱，这是她的本性，有时候让人怜悯，有时候让人笑话。

五

孩子永远是母亲的心头肉，岁月可以苍老她的容颜，拖垮她的身体，但总会有种坚强的力量支撑着——那就是无尽的爱，时时刻刻的牵挂，从不计较的舍，还有从不奢求的得。

过了半辈子日子，精打细算，省吃俭用，唠唠叨叨，生气上火的事情花儿做了太多。老话总说，这就是庄户人家妇女应该有的样子。是的，几十年前是这样，如今还是这样。富裕并非是将万物脱胎换骨，贫穷虽然代表过去，但它总是生活中一种意义深刻的教材。

花儿常常在饭桌上给大牛讲过去的日子，比如地瓜干都要分着吃，老人吃完才轮到小的，冬天里没有棉鞋穿，穿双单鞋还露着脚趾头，等等。大牛也经常问自己小时候的事，花儿总是一声叹息，回答也是一成不变："那时候咱穷……"

即使如今住上了新房子，生活无忧了，花儿也不忘告诫大牛不要忘本，眼前的一切不都是过日子过下的吗。虽然大牛对这些话听得够够的，但是道理他全懂，他也从未忘本，一直在踏踏实实做事，堂堂正正做人。

花儿最近两年没少操心，大牛早就到了该成家立业的年纪了，可他在这方面着实不着调。同村的许多他的发小已经结婚生子，好面子的花儿内心是火急火燎的。多年的朴素生活，加上对大牛的怨气，再遇到要命的更年期，花儿急火入肺，身体遭了罪。

六

不当家不知柴米贵，不生子不知父母恩。这话不是随便说的，随便就说的人肯定是对生活充满了无奈。

大牛媳妇的临产期就要到了，初为人父的喜悦、激动之情让他坐立不安。此时他是愧疚的，愧对他温柔贤惠的媳妇儿，愧对为他操劳大半生的母亲。他终于懂得了女人的不易，和女人的巨大付出。

最近这些日子大牛真不好过，一来要精心地伺候待产的媳妇，二来还要常去医院照顾准备做手术的母亲。母亲花儿坚持不住了，肺部出了问题，不得不做手术进行治疗。她自己是极不愿意的，她反复辩解这不是毛病，就是累的，多休息就好了。再说儿媳妇马上要生了，自己住院谁伺候月子？她不想治疗的意思家里人都懂，但还是强行把她送去了医院，儿媳妇也给了她最大、最好的支持和安慰。

住进医院花儿也不安分，每天都想着回家，如果不是医院离家远，她怕是走也走回来了。一边跟家人抱怨，一边跟医生诉苦，她说儿媳妇马上就要生了，没人伺候她放不下心，等她伺候完月子一定回来治疗。这弄得医生也犯了难，最终在手术前一天大牛给她办理了出院手续，可这件事后来成为大牛心里一个很大的遗憾，这也是他做得最错的一件事情。

几天后，大牛媳妇生了，是个小子。当花儿小心翼翼地从护士手中抱过孙子的时候，她幸福地笑了，笑成了世间最美的一朵花。

七

我想，我不会放弃那些有你的记忆，即使年华渐渐老去。

我想，我会更加珍惜拥在怀里的亲情，因为幸福稍纵即逝。

这是大牛很喜欢的两句话，也是他一直放在心上的那份真挚的感情。他拥有一个幸福的家庭，他有能够撑起半边天的母亲。三十多年前，母亲带他，现在，母亲带他的孩子。

风云变幻，年道轮回，新农村的大地上生机盎然，样貌焕然一新。花儿还住在村里，她的家就在这里，总有操不完的心，忙不完的家事。花儿如今常常提起她的婆婆，提起当年的辛酸往事，她有怨言，却又把一切释怀。

大牛的奶奶走了，这位为了一个大家庭劳累奋斗了一生的老人，安详地离开了这个世界。或许她不是一位合格的婆婆，但是她是一位合格妻子，一位伟大的母亲，一位慈祥的奶奶。吃了一辈子苦，从未奢望过什么，却在人生最后的时光里对美食恋恋不舍。这是什么？这难道不是最真实的人性吗？让人悲痛！呜呼哀哉！

花儿在婆婆的葬礼上哭得真真切切，她或许已经明白，自己的这大半辈子跟婆婆是那样相似，走的路也几乎相同。这就是命吧，一个女人的命运，一个母亲的命运。

花儿快六十岁了，依旧在为家庭琐事操劳、生气上火。家人一直担心她的身体，可谁也劝不了，她以前怎么过的现在还是要继续那样过。

作者简介:刘相龙，笔名青春是一杆枪。出生于 1987 年，山东即墨人。现从业建筑工程，爱好写作，以散文、自由诗见长。

相逢四十年

朱亚姣

两千多公里路，辗转三个省，历时十余天，从祖国的东北到西北。那是1979年的秋天，爷爷和奶奶带着六个儿女离开了故土，重新开始定居异乡的生活。

青年时的爷爷是一名英武的解放军战士，参军时正处于国家危急之秋，怀揣着保家卫国的坚定信念，常年在硝烟弥漫的前线浴血奋战。跟着部队一起从东北南下，扛着枪杆徒步走过大半个中国，一路上披荆斩棘、身经百战，和所有解放军战士一样在枪林弹雨中挨过千难万险，才终于迎来新中国的成立。紧接着，在炮火轰鸣中爷爷转身成为一名志愿军，和战友们一起怀着视死如归的精神，雄赳赳气昂昂跨过鸭绿江，奔赴腥风血雨的异国战场，用他们钢铁般的身躯保卫了祖国边境的安宁。戎马倥偬之后，他们又作为青年军官在军校里度过一段和平的时光。奶奶则是那个年代里的文艺女青年，学习过先进的文化知识，有着优雅的舞姿，她是学校表演团里的闪亮明星，慰问过辛勤工作的劳动工人，也给日日热火朝天的军校生活带去了一丝清风。爷爷和奶奶就在这样的历史背景下成为一家人，随着爷爷军旅生涯的结束，奶奶便离开城市，她也并未料到再后来去了位于东北和内蒙古交界处的农村，一个叫白音布拉的屯子。

白音布拉是山梁下的一条河，日日夜夜流淌不息，唱响的是整个屯子最原始的生命歌谣。梁上便是大院人家。在土墙围起来的院子里，人们吃的是大灶台上煮的高粱米，睡的是包谷秆烧热的大炕头，穿的是厚重的大棉袄。包谷黄了，高粱红了，豆子鼓了……日复一日，年复一年，穿过山梁的白音布拉河依然清澈冰凉。屯里的孩童夏天在河里摸鱼，冬日在河面上溜冰，他们无忧无虑地在山梁上下来回穿梭，像杨树林中自由的飞鸟。而这些生活在淳朴天地之中的孩童，就是我的父辈们。屯子里最热闹的时候莫过于除旧岁过新年。奶奶和族里的妇女们一起磨豆浆、做豆腐，还要做孩子们最爱吃的黏豆包。爷爷会端上杀猪菜招呼一拨又一拨的亲朋好友在大炕上聚餐，一边打牌，一边在煤油灯下畅谈。除了收到压岁钱，令所有孩子开怀的游戏就是点燃平日里精心储藏的炮仗，一个个蹿上去震天响；或是藏起舍不得吃掉的高粱饴，用一角钱可以买到十颗，但还是要筹划着慢慢吃；或是一起在院子里玩捉迷藏，躲在大缸里保准别人找不到；抑或是在暗黑的天幕下心惊胆战地翻过好几座山梁去公社看一场露天电影。大院里的年节红红火火，映红了过膝的皑皑白雪，也照亮了屯子里的家家户户。就这样，听见冰消雪融，看到门前老树发出新芽，时间的脚步临近了1979年。

刚刚经历了巨大转折的中国蓄势待发，坐在滚滚车轮上的人们都在期盼着生活能够焕然一新。因此，爷爷也怀抱着新的愿望，带着一家人乘着轰轰隆隆的火车驶向西北。之所以来到西北，还是因前缘未尽。让时光倒转二十年，那时正处在国家艰难前行的时段，风华正茂的爷爷奶奶和许多军人及家属成为建设边远农垦地区的中坚力量。在西北广袤的戈壁中，“荒地变良田，穷山出财富”的神话正是这些革命者用青春和汗水书写的不朽诗篇。后来，因种种变故，爷爷奶奶离开了他们用青春洒下汗水的地方。二十年后，爷爷奶奶再续前缘，携家带口从此要在曾经光荣奋斗过的地方落户生根。

再次回来时，西北农场已是一番别样面貌。笔直高耸的白杨树矗立于行道两旁，守护着过往的家家户户，坚守着脚下供养一方百姓的水土。在广阔的土地上，金色的麦浪翻滚着每一户人家的思绪，在那个物质并不丰富的年代，丰收就是最大的喜庆之事，而对于久食包谷、高粱的爷爷一家，岁收更值得欣慰。这里，整齐的房屋和干净的院落里时常传出说笑声，每逢年节还会张灯结彩，做灯笼、扭秧歌、跳迪斯科……日子久了，爷爷和奶奶都已习惯这里甘甜的井水，六个子女也相继成家立业。可是，上了岁数的爷爷因早年战争中留下的创伤以及来回奔波的消磨，身体日渐羸弱，正因这样，在他心中一直缠绕着的故乡情结日益强烈。然而“雨中黄叶树，灯下白头人”，他却含着这份遗憾葬于他乡。

日月掷人去，年岁不可待。奶奶含辛茹苦地带领着子女们一步一步过上了富裕的生活，她一向硬朗的身躯也逐渐弯曲了腰脊。从花甲到耄耋之年，她目睹了城市日新月异的变化，也看到了子孙后代的成长。可是她心里最想实现的，还是爷爷生前的心愿——带着儿女们回到故乡，看一看还生活在那里的亲人，还有摇曳在梦中的红高粱……

同样的两千多公里路，辗转三个省，从西北到东北，这之间却阔别了四十年。2018 年的秋季，我和父辈们陪着奶奶回到了他们日思夜想的故土。在那里，他们往日生活的影子似乎还在山梁间晃动，可久别的乡土却难以辨认回归的故人。

迎接我们的是陌生而又熟悉的笑容，陌生的感觉是因为少小离家老大回，纵使相见不相识；熟悉的亲切是因为乡音未改、血浓于水。秋天的夜晚甚为寒凉，可老屋里热烘烘的大炕头温暖着所有远道之人。

和亲人们围坐在一起，吃着香甜的包谷、红薯，咸香流油的鹅蛋，金黄的豆包，还有大白菜炖粉条，在乡土味道的环绕中仿佛又回到了那个数年前的大院。院里的孩子们在嬉笑玩耍，屋里的大人们在促膝长谈。回过神来，当年的孩童都已年过半百，如今坐在一起把酒言欢、互诉衷肠，而往日的长者大多已逝去，老一辈中只有奶奶一人在窗棂下回忆着往昔。

亲人们住在宝国老，若干年前从这里到爷爷奶奶居住的宝国吐要赶一整天的驴车，还要经过一座来往不便的石碑梁。当我们经过这里时，姑姑想起她儿时坐在驴车上伸手去摘松塔，没想到爷爷驾驶的驴车险些翻进梁下的沟地，还好训练有素的爷爷抢先一步，使得他俩有惊无险。她说起这些故事的时侯，好像是昨天才发生的。如今，石碑梁边上的松树依然茂密，可天堑已变为通途，还不到一杯茶的工夫，就已到达目的地。走在宝国吐的白音布拉，上梁下坡的地形仍未改变，山梁上下铺展开了丰收的画卷，铺天盖地的包谷地、红高粱填补了往日的荒山野岭。丈深的山沟都是很久以前被洪水冲击而成的，深沟上下也长满了不知名的树木。穿过山梁间的树林，在野草丛生的半山坡上有一棵老榆树盘坐在那里，看守着树旁几座孤独的坟茔。其实他们并不孤寂，因为祖茔的面前是望不到尽头的田野，背靠的是坚实的山梁。故去先辈们的历史都已成为传奇的故事，而后来之人虽漂泊于五湖四海，归来却心意如初。

湛蓝的天上盛开着朵朵白莲似的云彩，徒步在苍穹之下、阡陌之间，一阵阵青蒿气息扑面而来，毫不遮掩它来自旷野的味道。折一根道旁的高粱秆，咀嚼它最根部的内穰，一丝一丝清甜缓缓入口，独有的甘腴是家乡水土孕育出的滋味。田地里收包谷的父老乡亲还在忙碌，偶遇几位过路之人，与父辈闲谈之中竟然发现彼此都是儿时的玩伴，刚才还“笑问客从何处来”，一时间竟无语凝噎，发间的银丝和额上的纹路勾起他们内心无限的感慨。再回首望去，梁顶上并列站立的两棵杨树在风中凝望，犹如一对手挽手的老夫老妻，眼巴巴地盼着儿孙的身影。而杨树脚下，正是爷爷奶奶早先的宅地，不过现在已变成了一片肥沃的包谷地。走出田地，越过一座深沟，就会看到他们儿时的家院，可惜只剩下些断壁残垣，往日的山茶花随着老井的枯竭，也已散落为时光中的尘埃。取而代之的是亲人们后来修建的砖瓦房，宽敞平整的院子，屋里窗明几净，大锅里炖煮着一早就准备好招待我们的饭菜。又是一次举杯碰盏的欢聚，当满屋乡音缭绕的时候，奶奶还惦记着走访当年的老邻居，好不容易找到一户熟悉的人家，可是眼前的物是人非只能让人在寒暄之后遐想一番了。

没有被时光掩盖的，或许只有屹立于山上的高家店水库。乘车沿着崎岖的山路而上，似乎还能感觉到当年爷爷率领众人修建水库时的艰辛，人们赶着马车，拉着沉重的石块，一步步垒砌成一座座大坝，每个人都使出浑身力气，把汗水注入了水库之中。我们看到的也只是其中一座，石块垒成的堤坝围绕着四方的水库，站在闸口上方，波光粼粼的水景尽收眼底。在夕阳下，残照浸透了秋风，寒冷的余晖映照着水面，水边尚有几位垂钓之人，我们站在坝上遥望，不光是有一丝羡渔之情，也在感叹先辈们夜以继日的劳动和兢兢业业的精神，正是他们勾画出了眼前这幅日暮乡关的美好图景。倘若爷爷的灵魂仍与这世间有一缕牵挂，必然也是这里的一山一水、一草一木……

时值金秋，宝国老公路边上涌出一片杨树林的海洋，黄叶在风中沙沙作响，落地的枯叶铺成厚厚的一层，踩上去发出窸窸窣窣的声响。从集市回到村庄，沿着路边前行，享受着一阵阵金色的风，临近一户户安静的院落。院外总会生长着几棵老梨树，老哥爬上树摘下几颗外观并不起眼的果子，递给急切等待的父亲，他刚咬一口，就仿佛瞬间回到了小时候。他们那时总去偷摘几只梨吃，正是口中的这个滋味。院里长着几棵矮枣树，果实如一串串红玛瑙，我迫不及待地摘下一串，刚入口时酸得人睁不开眼睛，往后慢慢地才品出它的甜味。这也是他们儿时最喜爱的味道，却让我觉得他们以往走过的日子就如这枣子一般，苦中有乐、酸中带甜。

离杨树林不远，便是每家每户的包谷地。我们帮着亲人收回地里的最后一茬包谷，待金灿灿的包谷棒倾倒进院子，那种收获的喜悦让人浑身轻松，恨不得一头扎进包谷堆里。收获远不止这些，我们还从后院的大菜园中拔出果实丰硕的落花生，摘下一颗颗花生，除去湿润柔软且带着泥土的外壳，乳白的花生仁入口有一种微苦而清香的味道。除了落花生，一样把果实埋在泥土中的，还有菜园中让人吃不够的水灵灵的大萝卜、翡翠似的大白菜……巨大的白菜叶可以用来包裹煮熟的黄米饭，再卷上一根蘸了大酱的青葱，便成了一道独具特色的美食。不过，最好吃的还是老家姑父做的卤水点豆腐，现磨的香浓豆浆在大锅台上翻滚，适时点入适量的卤水，就慢慢地变成一块一块蜂窝状的凝结物，捞出来裹紧纱布，之后放置在木制的拉花子上，用重物将它压制成一整块豆腐，趁热切一盘并撒上新鲜的葱花，一口口醇厚的豆香沁入齿颊，实在是令人难以忘怀！除了这些，还有老家嫂子们拿手的拨面，一块大面团紧放在大锅边上，待水滚沸，手握一把左右各有一柄的大刀，将面一条一条地拨进水中，煮熟后再浇上各色菜汇成的卤子，精细的面条入口爽滑，一碗绝对不够吃。当然，压轴大戏还得请黄澄澄的年糕登场，预先将黄黏米磨成细粉，在大锅的蒸篦里撒上一层一层米粉，每层中间夹杂着花豆，蒸熟后蘸着白砂糖，黏劲儿十足。这种甜香黏牙的食物足具土乡土色，在蒸做的过程中，姑姑们亲自上阵，忙着烧火、撒花豆，每个人都殷切地盼望着那一口想念了好多年的味道。她们激动地端着一块块切好的年糕，脸上的那份欣喜多么灿烂，就像儿时围在大灶边，焦急地等待着除夕夜的恩赐，一块块甜入心扉的年糕带来年年高的美好祝愿，也令那笑容一直延续到了现在。

自从来到这里，走亲访友，家乡的味道缕缕不绝，父辈和亲人们总有喝不完的高粱酒，总有叙不尽的少年情。可惜时光易逝，这里的天黑得很早，每每欢聚畅饮之后，窗外已是一片墨色，本想在院子里仰头数漫天的星斗，却不得不被秋夜的寒凉赶进屋里。大家都围在暖暖的大炕上，父辈们在饭桌上的高声畅谈已经停歇，此时换做了亲切的耳语，虽然我不知道他们之间说了些什么，但看到父亲和从内蒙古不远千里赶来赴约的亲人相拥而泣时，不由得生出一种“醉不成欢惨将别”的酸楚。

长久的离别换来短暂的相聚，暂时的相聚又面临不舍的告别。我们用相机留住彼此真情的容颜，却无法停止时间前进的脚步。杨树林中秋风萧索，寂静中划过几只山雀。它们倏忽飞向远处的山梁，那里还生长着几株远志，绽开着淡紫色氤氲的花朵。山梁下的白音布拉河，仿佛还能听见它潺潺的流水，而干涸的河床上却只留下了光阴的痕迹。此次的故乡之旅，对于我和同行的姑父来说，见证了一场久违的欢聚，感受了一次红尘中难能可贵的相逢。而对于父辈们来说，一场相聚，间隔了两千多公里路，从 1979 跨越到 2018 年，弹指一挥间已过半生。正是“劝君稍尽离筵酒，千里佳期难再同。且共情是吾乡，已无岁月可回头！”

作者简介：朱亚姣，甘肃金昌人士，现居古城西安，已到而立之年，爱着万丈红尘中的美好文字。

一抹盛唐的潋滟

李佳帅

饮酒狂歌空度日，飞扬跋扈为谁雄。你是一个时代的传奇，那个时代也因为有你而变得更加绚丽。你斗酒之间，便可作赋百篇；你自幼练剑，长剑击空，豪气都纳在了你的胸间。

拨开历史的迷雾，我想看清你。待我细细研读，却发现你越来越神秘。我觉得那首诗，用来描写你再合适不过了：酒入愁肠，七分化作了月光，余下的三分啸成剑气，秀口一吐，便是半个盛唐。

循着你的剑气，我一路行走，来到了长安城下，我期待着与你相遇，却发现你已远离此处多时。我知道长安城太小，它束缚了你的灵感，你不愿奉承权贵，所以你带着心中的豪气，携酒、缚剑，一路绝尘与江湖做伴。你周游四处，寻仙山、访名士。与你意气相投，无论贵贱，便可结交。相互唱和，诗酒作歌，邀来明月，同游山河。若是没钱又如何，五花马，千金裘，店家将这拿去，换来美酒，让你和你的朋友，一同消解这忧苦闲愁。

随着阅历的增加，你对你的才华越来越自信，你觉得终日闲游总不是办法，所以你再次来到了长安，从蜀地入秦川，一篇《蜀道难》震惊了贺知章，从此之后谪仙人的名号便越传越远，终于有一天，你的名声传入了玄宗的耳中，从此你进了庙堂，做上了翰林院供奉这个官。你骄傲的性格不曾收敛，竟让贵妃为你磨墨、高力士为你脱靴。无数人眼红，小人尽进谗言。你只得趁着送友人返乡的机会，再次离开了长安。

我不想写安史之乱，可是不写又有些不甘心，你错投永王帐下，最后落得个流放夜郎。途经三峡，肃宗大赦天下，你提笔写下《早发白帝城》，“轻舟已过万重山”就是你最想说的话了。你写过三首《行路难》，让我记忆犹新的还是“长风破浪会有时，直挂云帆济沧海”，我知道你更想“何须身后千载名”，但是命运和你开了个玩笑，你只得“行路难，归去来”。

你的晚年，四处奔波。生活在你晚年给了你磨难，幸好你有宗氏之妻相伴，还不算寂寞。在你生命的最后时期，你借宿族叔家中，病故于此。你是不凡的人，疾病怎么能夺走你的生命，你连离世都那么有诗意，醉后捞月而亡，这才适合你。

连你的身份都是个谜，不知是青莲乡，还是碎叶城。

如今，千年的烟尘都消散了，那盛唐的潋滟，只剩书上的痕迹。

秦楼楚馆之上，依稀可见你与季真老、孟夫子等人相互吟唱起那只应天上才有的歌曲。

恍惚中还会有悠远缥缈之声传来——忆惜开元全盛世，满座皆是豪英，古今多少事，都付笑谈中。

作者简介：李佳帅，笔名李十二帅，大学毕业，自由职业者，喜好诗词、散文，长期从事诗词创作，青年作家网文学会员。

黑夜，感谢你赐予我下笔成文的力量

王　莉

黑夜是我最喜欢的朋友。夜深人静，没有外界的纷纷扰扰，一切都是安安静静的，写作的灵感也会在静谧中从头脑里迸发出来，使得我落笔成文，一吐为快。

笔下的文字成了我眼中一种有生命、有灵性的东西。在黑夜里，在柔和的台灯下，在这样静谧的氛围中，我喜欢跟文字打交道，好像没有比这更让我感到快乐的了。

黑夜，它赋予我写作的灵感，启迪我在文字中畅游，使我能有新的人生收获，找到真正的自己，让我不再感到孤寂。

深夜沉默不语，即便偶尔有汽笛声，也不会影响到我写作的心情。黑夜，是我寻找光明的支持者，是我的知己。在这个世界上，唯独它最懂我的孤独，理解我的悲伤和喜悦。

在黑夜的包裹下，我可以诉说自己的忧伤、喜悦，可以无拘无束地表达自己，可以自由自在地放松自我。

在黑夜的陪伴下，在手机、电脑上编辑文字，或者在本子上写作，对我来说都是一种精神的愉悦，我很享受这种由安静写作带来的快乐。

黑夜给了我思想上无限自由的想象空间，它不会束缚我，不会责怪我，它是我下笔成文的光明使者。

我期盼黎明的到来，但是我不舍黑夜匆匆离我而去，总希望它的脚步慢一些，再慢一些，我多想在黑夜这宽容的时间和空间里努力写出点有价值的东西。

在孤独无依时，黑夜的静谧给了我安慰和鼓励，让我一个人能够独立思考自己的人生，在彷徨无奈时做出正确的选择。

黑夜给了我力量，让我不再畏惧人生路上的挫折，不畏惧狂风暴雨的袭击，勇敢地和困难作斗争。

黑夜，陪伴着我的孤独，是我的指路明灯，是我孤独灵魂的慰藉，让我于书中或写作中得到一次又一次精神的洗礼。

黑夜，感谢你赐予我写作的想象力，感谢你的陪伴、理解和支持，感谢你给了我心灵的自由，感谢你赐予我下笔成文的力量。

作者简介：王莉，女，河南省一名中小学教师，青年作家网签约作家，喜欢与书籍为伴，酷爱文学。

流年絮语

吴泽华

心怀梦想，努力奔跑

人生如水
弯弯曲曲
世事如山
重重叠叠
追梦的人儿
千山万水，奔向天地跑道

地承万物，心存有爱，方能成就美好人生；寸心载世，心有责任，方能抒写诗意人生。心有梦想，勇敢追逐，努力超越，才能雪花纷飞后遇见明媚阳光。

人生一世，没有烙下岁月的印记，怎么成长进步？知痛而后勇才会赢。年复一年的时光里，我们意志坚强，跨过高山，越过大海，用脚丈量过每一寸土地，朝着梦想的方向迈进。

不忘初心，方能始终。四季更迭，我们不断追逐，见识更宽广的世界；学会成长，走出小小的天地，完成自我的飞跃，在追寻中领悟生命的价值和意义。

我们都是追梦人，踏着梦想路，迎着未来，勇敢向前，建造自己的舞台，奔出自己的精彩！

心中有梦，岁月安然

心中有梦
眼里有光
脚下有远方
何处无桃花源
何处不是水云间

心中有梦的人，就像春天野外蓬勃生长的花草，有一种由内而外的生命力：鲜活、张扬，哪怕有风霜雪雨，也不能阻挡他们前进的脚步。

心中有梦的人，眼里有星光，会一路向阳，无论生活是艰难困苦，还是甜蜜美满，他们总能坚守内心的方向，活出最温柔的样子。即使认清浮华世间的真相，也依然热爱它，依然相信能开创属于自己的世界。

每个人都是与众不同的，命运不会特别眷顾谁。我们要学会起风的时候迎风起舞，下雨的日子撑伞漫步。每一个平凡的日子里，我们都心中有梦，每一个脚步都存有希望，每一个期待都会有惊喜。我们努力让自己变得越来越好，成为自己喜欢的模样！

心有阳光，向往幸福

居有一屋
炊烟袅袅
知己三两个
清茶半盏话相逢
浊酒一壶，笑看繁华

人生在世，不过百年间。悲欢离合，谈笑风生，都是岁月弹指间的光阴。

幼小时，父母长辈呵护疼爱；受伤时，亲朋好友照料看顾；无助时，有人安慰拥抱；快乐时，有人欢呼分享；失败时，有人扶助帮忙；成功时，有人共乐同庆；寒冷时，有人添柴加衣；闷热时，有人扇风递水，生活得幸福满满。

居有一屋，安宁温馨。屋顶炊烟袅袅，屋外桃树几棵，门前鸟鸣挂树，河边修竹笼径。不管多晚回家，都有一盏灯等着你，都有一个小可爱时不时给你一个沾满口水的香吻………屋前院后，花红草绿，流水潺潺，是最幸福的人间烟火图。

朋友不用多，知己三五个就足够，一起疯癫，一起经历悲欢离合。闲暇时，择一风和日丽的日子，柳绿草嫩，友人相聚，或小屋一间，清茶淡酒，你谈我论，其乐融融；或爬山游水，山花烂漫，登高望远，风景无限好，人生幸福大致如此。

一生追求有很多，未必能学富五车。有空看看书，写写文章，唐诗宋词能吟几句，元曲明清小说也能知晓三分。若是来一场说走就走的旅行，偶遇文人诗友，谈天说地，能有几分独特见解也足矣。偶尔听听歌，跳跳舞，日子充满乐趣，烟火的人生也多一处安放心灵的幸福之所。

平凡岁月里，总会有喜忧参半，悲喜交错。放下功名利禄的心，静静聆听岁月的脚步，光阴的流淌。用一颗淡然的心，看岁月流转，生活到处充满美好，日子也是无尽的幸福。

浪漫的爱情，我想着你的时候，正好你也想着我；在春光灿烂的时光里，和喜欢的人一起在海边散散步，在风景秀丽世外桃源般的地方，你弹我唱。美好的爱情是有一段感情尘封在记忆里，永远无法触及；有一个人住在心里，永远不会走出。偶尔想起这样一个人，往事依旧那样清晰，心中依然有暖暖的感动……

心有阳光，向往幸福，热爱生活，追求美好的时光。用人间烟火温润日子，用温暖释放岁月静好的沉香。

作者简介：吴泽华，笔名小妖，青年作家网签约作家，多家自媒体原创作者。文学作品有《把思念留在雨季》《筑巢海边、春暖花开》《写在水上的梦》等，作品入选《岁月之歌》等书籍。

风雨共笑傲，冷暖两相知

王育平

今天是 7 月 20 日，妻子回乡下岳母家已两个星期了，晚上独自人一在书房看书，不禁想起了她。

一个月前，妻子身体小恙，做了个微创手术，需在家休养一段时间。出院十天后，妻子说回乡下岳母家住一段时间。

乡下空气清新，蔬果都是绿色食品，最主要的是有岳父岳母悉心照料，一日三餐吃得正点，有规律，加上与父母在一起，心情悦愉，时间好过些，对身体恢复大有好处。

“家有老，是个宝！”我们不管多大，在父母的眼里永远是个孩子！这次妻子深有体会。通话后得知，妻子恢复良好，人有了精神，食欲大开，我不用担心，便释然了。

妻子吃苦耐劳，踏实肯干，为人和善，深得老板赏识。这次小恙是长年累月从事餐饮业引起的，可谓积劳成疾。我内心深感愧疚，因自已无多大能耐，没让她过上好的生活，让她受苦了。

转眼之间，我与妻子结婚已三十年了。一路走来，颇为不易。夫妻二人携手同心，含辛茹苦培育的一双儿女，现在早已大学毕业，走上了工作岗位，都在武汉成家立业了。可爱的小外孙女已经两岁了，能走会跑，咿呀学语，活泼可爱，令人欣慰。

三十年来，我们可谓风雨共笑傲，冷暖两相知。往事历历在目，回想起妻子吃过的苦，受过的累，令人心疼！

1995 年下半年，我来到武汉拜姑父为师，学起了卖猪肉。过了两年，新菜场开业，租了个摊位，当起了肉老板。和妻子用心经营，生意做得风生水起，顺顺当当。

2007 年 5 月，菜场农改超，被武商收购了，我被招进超市成了一名技师。当时工资极低，扣除各种保险金，每月到手的钱少得可怜。

此时，人到中年上有老，下有小。两个孩子在武汉读书，每年都要交一笔不菲的借读费，还要租房子，加上一家人的开销，简直捉襟见肘，入不敷出。

这可愁坏了性急的妻子，她又无一技之长，于是顶着烈日到处找招工信息，从早到晚去应聘，找合适的工作。终于有一家餐饮企业老板聘用了她，工种是跟师傅学下粉面，包括热干面。

学下热干面，是必须天天起早的。每当凌晨四时半闹钟响起的时候，妻子便睁开蒙眬的双眼，一骨碌爬起床开始洗漱，然后去上班。

因为热干面是热销面种，所以每天要担一两百斤，劳动强度蛮大的。冬天，寒风呼啸，做事还好受点；夏天，热浪滚滚，等把热干面担完，早已满头大汗，浑身湿透。

早上七八点钟，进入生意高峰，顾客盈门，往往是一个接着一个。再加上在炭炉边，身上的衣服总是湿了干，干了湿。一个上午下来，人早已精疲力尽，浑身酸软，而且要到下午三点后才下班。

每每看到妻子这样辛劳，我心中充满了愧疚，觉得自己无能，没让她过上好日子。每天凌晨四时半响起的闹钟声，对我来说，无异于一种有声的折磨。

2008 年 5 月的一天，我终生难忘！那天，我下了早班，正在睡觉，一阵急促的电话铃声把我惊醒。一接听，是妻子的老板打来的，叫我去店里一趟，我心中顿感不妙。

到店里才知道：店里停了电，抽油烟机停止了工作，在里面下热干面的师傅都煤气中毒了，其中就有我的妻子。妻子已被送往汉口一六一空军医院，进入增氧舱正在抢救，当时我就懵了。

过了好一会儿，才缓过神来。心中不停祈祷:“你是善人，自有福报；你是吉人，自有天助!”

在煎熬中等待了两个小时，终于有了回音：病人都无大恙，平安出来，此时悬着的心才放下来。等到晚上见到妻子时，彼此相拥，早已泣不成声。这真是不幸中的万幸!

2009 年 3 月，由于妻子为人和善，做事踏实，加之又读了点书，老板让她不做粉面，去管理店里财务，转行为会计兼出纳。

年底妻子又被老板提升为门店经理，负责一个店的管理工作。这样一来，工资待遇大大提高，再也不用早起，人较以前轻松多了，也变得精神起来了，活力四射。

就这样，妻子一直在这个老板手下做，踏踏实实干到现在，从没无故休息过。直到身体不适，才住院治疗。

人的一生要遇到不止一个女人，有的惊艳了你的时光，有的温柔了你的岁月。惊艳了时光的人很多，温柔了岁月的人极少，这个人就是我的妻子，我会好好珍惜她！

愿妻子早日康复，回归正常生活。

作者简介：王育平，网名武商路漫漫，笔名王漫，湖北孝昌人，青年作家网签约作家，简书签约作家。扛过锄头，拾过布头，搬过砖头，执过教鞭。闲暇之余，嗜读书写作、感悟人生。

我老妈，人生的最佳女主角

芦屋主人

老妈今年六十出头。

老妈几年前学会了开车，并且在短短的时间里开车的公里总数超越了我这个有十几年驾龄的老司机。

老妈开车上路的起点有点高，她外出办事或往返于香港时，在车少路段，只有驾驶证却没有多少驾驶经验的她就让司机坐在副驾位上，她来开车，我估计司机肯定熬过了一段很不好过的、提心吊胆的日子。

好在司机总算是熬过来了，因为现在老妈也已经是一个老司机了。

不过，听说前不久去年审，交了一万多的超速违规罚单……让我先静静……

老妈只念了三年书，这有点不合情理，因为老妈出生在一个知识分子之家，外公外婆都是老师，外婆年轻时还是个很前卫的穿短裤、打篮球的女子。

那老妈为什么只读了三年书？原因是老妈的四个妹妹相继出生，外公当时得下乡劳动，不得已，老妈只能辍学了。这可给我农民出身却又偏偏满腹经纶的老爸添了好多取笑老妈的机会。

刚去香港的几年，凭着出色的工作能力，老妈应法国客户邀请去参观客户的公司，顺便在欧洲各国游玩。回来后，老爸打电话给我说："你知道你妈这次去了哪里吗？"我说："不是去欧洲吗？"老爸说："你妈说她没有去法国，但去了巴黎，后来因为签证原因，本来要去英国的，没去成，就只去了伦敦。"

我在电话这头笑疯了。

虽然这里面有我爸的夸张成分，但至今，我们都会拿出来调侃我妈。她也不介意，还和我们一起再加油添醋一番，我终于知道我地理科不好和"路盲"的原因在哪里了。

不过，在那个年代就可以去外面开眼界，我们是特别佩服老妈的。

老妈遗传了外婆的身高，一米六几的个子，皮肤白皙。听说老妈年轻时有好几个人追，但老妈只看上我老爸，我估计老爸肯定用诗词之类的手段追上老妈的。

老爸先去的香港，老妈是过几年才去的。那几年老妈独自抚养我们几个孩子肯定很难。我那时还小，记得老妈常常在洗脸时发呆，有时拿着毛巾愣好久。

当时爸爸兄弟几家人住在二伯父寄钱回来建的大房子里，我们管这种房子样式叫四马拖车。每家人各自有独立的厢房，生活也各自独立。

老妈没事时就免费帮亲人和邻里做做衣服，因为她的一个舅舅会做衣服，老妈少年时和他学过一段时间。老妈还无师自通地帮别人剪头发，家里经常有乡亲们来来去去。妈妈不收钱，乡亲们便经常会拿些自家种的食物来。

奶奶那时还在，我印象中阳光美好，空气清新，下午的风轻轻地吹过麦田，老妈在缝制衣服，缝纫机的声音一阵阵地像催眠曲。奶奶的下午茶时间到了，她开始沏茶，然后用杯子互相敲一敲，老妈听到清脆的茶杯声后，便会放下衣服，过来和奶奶一起喝茶。在乡下，婆媳两人有这般光景，画面太唯美，仿佛是我在哪本书上看到的画面，问老妈，才确认是真的。

小时候我和小伙伴玩类似踢毽子的踢沙包游戏，老妈用缝纫机给我缝不同图案的小沙包。她将不同的碎花布边角料裁成六片正方形，拼缝成了一个正方体，缝好形状后留个口子，放把带壳的薏米进去，再把口封住。沙包软软的，一踢起来薏米粒沙沙作响。拿着新沙包时，我感觉好愉悦，好满足。

我从小最爱拿老妈做衣服用的粉笔，在木门上画连环画上看到的《飞天仕女图》，老妈从不阻止我，还夸我画得好。后来老妈去香港了，每年过年回来要走时，总是要我画几张画让她带去给同事看。我很自豪，家人在吃饭了，我还在那里画，一心要把最拿手的画出来。

从此我的梦想就是要当一个画家，老妈可从没看过一本育儿书，对孩子的养育真是无师自通啊。

老妈去了香港后，她做衣服的手艺给她带来了很大帮助。很快，她就在香港的老乡圈里出名了。

老妈去香港后就进了二伯父的工厂工作，比起其他刚到香港到处找工作的人来说，她是很幸运的，但老妈也不会因是亲戚而被特殊照顾。

二伯父开的是玩具厂，产品类似芭比娃娃，是那种穿着美丽衣服、身体一放平眼睛就会闭着的娃娃。这种娃娃的头需要车上金色的头发，这在厂里是计件的，谁车的最快最多，谁就赚更多的钱。而老妈速度惊人，一个月工资算下来，拿了第一的高工资，连经理都没她高。

接着，老妈又解决了一个娃娃头发的技术问题，令头发制作起来更好看、更容易。

老妈开始光芒毕露。

又因为老妈有缝纫基础，很快被调去打样板。那时，板房的工作最重要，关系到客户满不满意，厂里能不能接到订货单。

因为这种娃娃最重要部分就是衣服的造型了，但客户的图纸上没有尺寸规定，全靠打板师傅的感觉和理解来做，老妈一下抓住了感觉，做出来的娃娃衣服很可爱，客户很满意，很欣赏老妈。

这也是上面说的法国客户邀请老妈去他们国家参观游玩的原因。

就这样，去香港没几年，老爸老妈就存到了一笔钱，他们第一时间回老家，在城里建了一栋房子给外公和我们住。

但工作做得好好的老妈并不满足现状，她毅然辞去了高薪的工作。

老妈四十岁开始自己创业。

记得开始是在香港的工业区租了一个单间的写字楼，里面的陈列架还是老爸买来材料自己一手组装的。后来，随着业务需要才慢慢扩大了规模。

香港的公司用于洽谈、接单，工厂设在老家。

回老家办工厂，主要是做手袋。万事开头难，老妈一点一滴地开创她的事业。开始的时候，凡事都要亲力亲为，人事、税务等，老妈都能兵来将挡，水来土掩。

老妈虽然只念了三年书，但看合同或需要她签名的各种细节可从来不含糊。客户的板单上写的密密麻麻的要求，还夹着很多的英文名词她都可以看得懂，这时候她马上变成了一个精明能干的人了。

老家办事不能按部就班，亲戚之间的关系处理也要拿捏得当，但到老妈这里，什么大事都不是事了，她大而化小，小而化简，处事干脆利落，颇有大将之风。

开始时，每周要一至两次往返于家乡与香港之间，老妈提着大包小包的样品和材料，在深圳罗湖的关口风风火火地往来着。

虽然累，但那时的老妈是充满激情而坚毅的。现在回过头来，老妈说，不知当初她是怎么坚持下来的，换成现在，她未必做得到，她当时就只有一个信念，咬着牙也要坚持下去。

老妈的事业做得风生水起，但她在我们心目中可不是女强人，相反，在家里，就是老妈子一个。

外公前年去世，现在就外婆一人，老妈过年过节经常留在老家陪她，我们有时也回去一起过。

每次我们出门，她的电话就开始“轰炸”开了，从出门到上高速了没，到哪里了，孩子们要吃什么，大人要吃什么，她都一一问好，计算着时间，打算快到时才开始炒菜，这样菜才不会凉了。后来，她一打电话给我们，我们就说刚刚还不塞车的，你电话一来就开始塞了，于是她就忍住不打了，怕电话打过来真的就会塞车了。一路这么清静，我们反而有点不习惯了。

她买了几部电动小汽车专门给外孙子们开，我们还没到，她就全部充好电，孩子们一到就可以开着车满屋子跑，所以每次去了都不愿意回来。

老妈还喜欢和老爸抢着炒菜，然后要我们品评谁的更好吃，如果是老爸煮得好，她便说是她买的材料新鲜才这么好吃。反正，一定是她的原因才好吃。全家在一起时，老妈的哪件事做得不咋好了，我们也经常对她批评一番，老妈一点都不生气，乐呵呵地随我们调侃。

老公感叹我为何没老妈的好脾气，看来这基因也没传给我。

记得有一次，我和老公还有孩子们驾车去桂林玩，一路塞车，大家烦躁不已，我在车上打电话向老妈诉苦，老妈安慰我说：“不要急，你们本来就是去玩的，路上也是风景，就当现在是在欣赏风景就好了。”一句话说得我焦虑的心情马上放松了。

是啊，人生也一样，处处是风景，老妈的人生更是一幅交相辉映、层次丰富的山水画。

如今，老妈快步入老年的行列了，她现在和老爸每天早晨都出去打太极拳。打起太极拳的老妈也很认真，每天看碟苦练，打得有模有样。

这就是我老妈，无论为人女、为人媳、为人妻、为人母，每一角色都是最佳女主角。

重要的是，她一直在做她自己，她是自己人生的最佳女主角。

作者简介：芦屋主人，实名方惠娜，青年作家网签约作家，现定居香港，多篇文章被《人民日报》、新华社、人民网夜读等媒体转载。愿在心田建芦屋一间，手写我心，以字会友，一起看春暖花开。出版作品《大团圆》。

漠视下的生命

庞宇真

向南的阳台上，我家的花花草草，大多居于此。这些具有特色生活方式的特殊居民，来我家的时间先后不一，生活习性各不相同，呈现的模样各有千秋，带给我的感受自然也大相径庭。

高大的龙骨，是资格最老的居民。十年前，朋友家一棵龙骨长势喜人，几根龙骨高达屋顶，朋友看它过于瘦高，有意修剪，以期它粗壮起来。我拿回一根十几厘米长的龙骨，特意从花卉市场购回高花盆，郑重其事地把龙骨植于盆子中心。从此，它便亭亭玉立地、安静地驻扎于阳台。

十多年过去了，龙骨已高到挨近房顶。龙骨名如其形：一根根绿柱，剑一般指向上空，柱身如三棱镜一般，棱上竖向排列着数不清的小刺。刚生出来的小刺紫红色，一处两根，分列棱的左右，中间生着一片水嫩的叶片。当营养足够时，棱上便是一串翡翠般的青叶，活力四射的模样，特别招人喜欢。细细嫩嫩的是婴儿期的叶子，稚嫩而新鲜；逐渐变长的是青年，朝气蓬勃，富有活力；二指长的叶子则是中年了，中年期的时间长短基本与主人照顾得是否用心有关。一个月浇一次透水，则叶片长期保持翠绿。假若长期忘记浇水，叶子便会枯黄，继而脱落。

工作繁忙，有时就忘记了去阳台看看；洗衣晾衣，却也忘记看一眼龙骨、照顾一下阳台上的这位不声不响的住户。龙骨缺水，叶子就开始干枯。龙骨柱上顶着三串黄叶，倒也不失为一种特色景观，但终究看着有种秋天般的荒凉色调。拿衣架轻轻敲打，黄叶簌簌而落，只余下永远青绿的龙骨柱。龙骨染绿了心情，呼吸也变得顺畅了。

龙骨不仅仅因为夜间提供氧气而惹人喜爱，还因其再生性能优良。一根龙骨，往往从棱上滋生出四五根小龙骨。这四五根长个三年五载，每根上面再生出三四根来，繁茂的龙骨就像极了一棵树了。假若龙骨偶然停顿不向上长个子了，顶的周边很快会生出三四根龙骨来。那副努力向上、奋力拼搏的劲头，像和谁赌气竞赛似的生长。

一日不见如隔三秋。几天不看，龙骨会高一些，棱越长新叶越多，似乎想向谁宣告其霸主地位似的。如果想培植新的龙骨，随便剪下来哪根，待断痕处的汁液风干，栽在其他花盆里，它很快就随遇而安了。岁月静好，是它们的常态。与世无争，自己生长自己的。

边上的虎耳兰、君子兰、琴叶榕、吊篮，谁都不敢与它们相争，谁又能争得过它们呢？

虎耳兰不同于龙骨，本就长不高大，也缺少成为虎皮兰的勇气，虎皮兰高，高过它们两三倍。虎耳兰同样易于管理。个把月不浇水，眼看老虎耳朵一样的叶子耷拉下来，来一场雨露，不久就挺直身体，重新焕发生机。叶片肥厚，能蓄积大量的水分与养料。而耐旱应该是它们最大的优势了。

虎耳兰的第二个优点就是容易繁殖。一年四季处于温暖地带的虎耳兰不经意间会从盆土里钻出几个小脑袋来，一个个竹笋样子的尖叶，悄悄露出眉眼，好奇地张望着这个新鲜的植物乐园。一段时日后，把新生的虎耳兰从根部与母体断开，在别的盆里重新栽种。不几日，这棵虎耳兰也开始自力更生。

龙骨、虎耳兰、玉树，都不太喜欢开花，但有人说早晚会开花的，我因此坚信不疑。但这几种植物的的确确是不喜欢张扬的。数年如一日，日日绿茸茸着。夜深人静时悄无声息地吐纳氧气、二氧化碳，为拘泥于高楼里的人类尽一点绵薄之力。

我养的花花草草，大多不开花。君子兰一年四季静默着，丝毫没有要开花的迹象。我拿它当棵草养着，开不开花随它去好了。

有几棵植株是曾经开花的：茉莉、长寿花和蟹爪莲。

茉莉不高，刚买回来时蓬松的一盆，几乎每个枝头都顶着三四个骨朵儿。雪白的茉莉全部绽放时，香气扑鼻，枝头一片炫白，煞是吸引我这样的看客。周末，旁边的小桌上放杯茉莉花茶，斜倚在藤椅上，捧本诗集，嗅着花香，惬意地享受着生活的安逸。不自觉的、甜美的笑声飞向窗外，逗乐了休憩的喜鹊，吸引了一只斑鸠，连一楼的那只小泰迪，都忙不迭地跑来冲着我摇尾巴使劲叫。

长寿花就更有意思了。假期值班，看到值班室窗台上的几盆长寿花，花朵已经凋零，绿叶淘气地挨挨挤挤的。爱花如命的我，在稠密处掐下几个枝条。叶子一直新绿，不曾有过渡期似的。

想起儿时随父母种红薯秧，总要在浇透水以后，还要打蔫一天，待夜间潮气泛上来，阳光不再蒸腾，红薯的秧苗才会舒展眉眼。

越是对比，越发喜欢长寿花的顽强与随遇而安。

春节前夕，长寿花举起了无数朵四瓣小红花，骄傲地炫美于数不清的绿叶之中。花朵很小，颜色鲜红。如果不是一团一团地盛放，恐怕很难吸引人的注意。聚集在一起的花朵像火焰，红彤彤的，倒也不失别样的美。我不太喜欢这般不起眼的花朵，对它们熟视无睹，两三周想起来浇上一次水，匆匆瞄上一眼，重新缩回屋里。

一日搭衣服，瞥一眼长寿花，花儿依然灿烂。惊喜之余，更加讶然：多么顽强的长寿花啊！不仅是叶子，花朵亦然：不慌不忙地绽放着，淡定、安详，你看与不看，它都不会受到丝毫影响；你夸不夸它，它都默默地开着自己的花，精彩着自己的生命。与花草相依相伴，与阳台相濡以沫，就那么与世无争地生长着，不以物喜，不以己悲。

蟹爪莲早已繁花落尽，如今已是一身风尘。

不管开花的，还是不开花的，都在努力给自己一个斑斓的春天，不负韶华，不负春光。

作者简介：庞宇真，青年作家网签约作家，中国教育学会会员，河北省散文学会会员，邢台市作家协会会员，《快乐作文》特邀撰稿人，多篇文章发表在《山西日报》《燕赵晚报》《邢台日报》《牛城晚报》《河北文学》《当代作家》《小学语文教学》《快乐作文》等报刊杂志及新锐散文、黄河文坛、初语阅读、海河文学、读者、今日头条等网络平台，在红烛颂散文大赛、春满园散文大赛、首届张之洞散文大赛、《爱你》杂志的家有儿女散文大赛、亲情絮语散文大赛、乡愁里的河北等诸多赛事中均有获奖。工作之余读读书、码码字，悠哉快哉。

乌鲁木齐的秋天

曾朝勇

这几天在家忙文案工作，眼睛累了，我就看看窗外的蓝天和逐渐变黄的树叶。望着窗外树林里缤纷的落叶，我的心里也随之充满了无限的惆怅。时间过得真快，什么事也没做，转眼又到了暮秋。

虽然早、晚的天气较冷，但是，热力公司早已提前给我们供暖了，而且燃烧的是清洁能源——天然气。我们不但在家里能享受到如春的温暖，而且在室外我们还可以呼吸到清新的空气。看到蓝天和白云，我相信这个冬天我们会像以往一样的温暖。

接近中午，我准备开车出去办些公事，也想顺便散散心，想着，这暮秋也应该别有一番风景吧。

天气不错，秋高气爽，万里无云，阳光明媚，天蔚蓝蔚蓝的，比以往通透了许多，也比春夏安静了许多，阳光也柔和了下来。

马路上的车辆比平时少了许多，也不见鸟儿在马路两边的树梢上飞来飞去，只听见车轮与路面摩擦的声音，时不时可以看见马路上的落叶紧随前车转动的车轮不停地飘起又落下来，追着车轮翻滚。

一座城，钢筋混凝土之间，人流如织，忙碌的人们奔波在大街小巷里，为了生存，为了发展，更为了实现自己心中的梦想。

忽然，车前方的马路两旁，一排排树木的树枝上缀满的黄色树叶使我眼前一亮。好美呀，阳光透过树叶，发出耀眼的光芒，在微风中金光闪闪，正如我梦中的人生。我多想停下车，将这美景留在手机里，藏在即将来临的冬天里。可惜路边不能停车，我只好依依不舍地缓缓离开。

快到目的地了，我赶紧减速、右转、进辅道。这时，车左前方马路对面的美丽景色扑入眼帘。只见那马路边的树木或高或矮，红黄绿橙交替着，或深或浅，色彩迷人绚烂，简直就是画家手中打翻的调色盘，在我孤寂的心里激起了一波又一波的涟漪。

生怕这如画的风景稍纵即逝，我急忙右拐，进停车场，熄火、下车，匆忙上楼，赶在工作人员吃午饭前办完了事，于是我又急忙下楼，风一样去追赶欣赏这满眼的秋色了。

马路中间是一条隔离带，灌木的，有紫色、黄色和绿色，给这灰色的马路增添了一些无限的生机。

马路对面的树林，由近到远、从低到高依次排列着，前面的较矮，树冠的颜色以红、黄、绿、橙为主。最远处是几排杨树，高高地矗立着，有的呈绿色，有的呈黄色，有的混搭着绿色和黄色，远远看去，宛如身着各色服饰的少女，簇拥着英俊潇洒的男子，又如伟丈夫呵护着自己的娇妻和儿女。

走到近处，可以看到众多的乔木中间傲然耸立着一棵杨树，好像是园林设计师有意安排的。树枝一律向上生长，长短不一，很凌乱，俨然一位舞女，上穿黄绿相间的舞衣，下穿金色的舞裙，头扎绿色丝带，在秋风中尽情地旋转飞舞，似乎要舞尽万般风情，如此张扬和妖娆，令人心潮澎湃。

周围的乔木千姿百态：有的树枝蓬松凌乱，宛如穿着宽松睡衣，睡眼朦胧、慵懒地伸着腰、打着哈欠；有的树干很细，树冠呈三角形，像芭蕾舞演员，正踮着纤细的脚尖，翩翩起舞，让人肃然起敬；有的树冠呈圆球形，使人想起小时候最爱吃的棉花糖；有的像你追我赶的小姑娘，任长发在风中肆意地飘曳。

粉色人行道的左边是一片白桦林，有的树叶呈橙色，有的树叶呈黄色。树干光滑呈乳白色，且很柔和，黑色的木结微微凸起很有质感，似女子多情的眸子；树冠离地面较高，宛如一群楚楚动人的女子，亭亭玉立在明媚的阳光下，令人应接不暇。

红色的海棠果，鲜艳亮丽，小得那么可爱，那么稀罕，躲在金黄色的树叶后面，时不时地探出头来，宛如涨红了脸害羞的小姑娘，又如天上眨巴眼睛的星星。

再往里走，是一片火炬树，高高低低、起起伏伏、弯弯曲曲。仿佛经历了一夏的火热炙烤，红得那么热烈，那么纯粹，使人汹涌澎湃。树叶呈锯齿状，像一把锋利无比的利剑，我拿着它便是一位勇士了，必能所向披靡、战无不胜。

远处的一棵杨树也很特别，树干细直而挺拔，树枝一律向上生长，黄色的树叶挨挨挤挤的，将树干包裹着、簇拥着，树顶上两个分叉的树枝多像一条身披黄金甲的巨龙，手持麦克风，正张开嘴满怀豪情地歌唱蓝天、歌唱白云。

秋天的阳光是温暖的，在树林间穿梭，抚慰着每一片树叶，使它们变成自己心仪的色彩。每一片树叶、每一种颜色、每一条叶脉都藏着一个动人的故事。

看！远处高大建筑的玻璃幕墙上，明媚的阳光和五彩缤纷的秋色正折射出耀眼的光芒和炫目的光彩，这就是人与自然的和谐共生。

风是秋天的常客，秋风是柔和的、蹑手蹑脚的。每当秋风来临，树上的树叶就拍着小手哗哗地鼓掌。落叶在空中旋转飞舞，缓缓地落在草丛里，高兴地在地上打着滚儿，发出窸窸窣窣声，轻抚我躁动的心。我坐在厚而松软的落叶上，身上晒着暖洋洋的阳光，满脸是拂面的秋风，心肺中充盈着秋天的果香。此时此刻，我什么都可以不想，什么都可以想，更觉得自己是个真正的自由人了。

路边的小溪在静静地流淌着，水面上的落叶正一起一伏，时而急促、时而缓慢地流向远方，流向来年的春天，带去秋天美好的祝愿。

这时，阳光来了，秋风来了，所有的树木来了，披红戴绿的，来到这秋天的舞台上，载歌载舞，装扮这美好的秋色，庆祝祖国的繁荣昌盛，歌唱人们幸福美好的生活！

远处建筑工地上机器的轰鸣声、马路上汽车的嘟嘟声和着飒飒的风声和哗哗的落叶声，合奏出一曲繁忙、轻松、快乐的交响曲。

这时，白云躲起来了，夏日里的蝶飞蜂舞也不见了踪影，鸟雀啼鸣也已渐稀渐远，偶尔一两声鸟鸣，低沉而委婉，原来它们也不愿意打搅这美好的秋色。

这时，我不免想起了连队秋天里的田野，那是不同于城市的秋天。一朵朵洁白的棉花宛如穿着白裙子的小姑娘，害羞地躲在绿叶的后面；又如云海，浩瀚无边，与天相接。一棵棵玉米亭亭玉立在田野里，怀里抱着的玉米穗坚硬、硕大，在秋风的吹拂下不停地摇摆，像是在向人们展示它傲人的成果。

春种秋收，秋天是成熟的季节，更是收获的季节。秋天是忙碌的季节，更是歌唱的季节。

这时，我不由得记起刘禹锡的《秋词·自古逢秋悲寂寥》——自古逢秋悲寂寥，我言秋日胜春朝。晴空一鹤排云上，便引诗情到碧霄。

我相信我们的生活会一年比一年幸福，我们的秋天也会一年比一年更美。

夕阳西下，映红满天。我驱车在回家的路上。

我挥挥手，什么也不带走，正如蓝天下一群咕咕嘎嘎南飞的大雁，什么也不带走，只留下它们的歌声。我要把这美好的秋天带给蓝天，留给这座欣欣向荣的城市，留给这座城市中匆匆忙碌的人们。我要把这美好的秋天和心情带回家，留给自己，留给家人。

作者简介：曾朝勇，笔名潮涌、半亩田园，青年作家网签约作家，诗歌、散文和小说等作品散见于《新疆农业大学报》、《中国爱情诗刊》、中国诗歌网、青年作家网、中国作家网等，为青年作家网 2021 年度优秀作家。

几多岁月跟党走　何堪平凡亦英雄
——从老照片中感悟共产党员妈妈的一生

谢淑坤

时光的年轮在远去的岁月中碾出深刻的印记。一代一代人的容颜浮现又淡去。英雄这个词在五千年悠远的岁月中总有不同的演绎。大到国家危难之际醒世的仁人志士，小到身居一隅的为人民服务的无名共产党人，他们都在一生里闪闪发光，照亮黑暗。这，就是英雄！每每谈及英雄，我的脑海第一时间浮现的就是我的已经远行三年多的母亲——一位有着优秀共产党员称号，两次当过劳动模范，受过省、市、县（区）各级奖励四十余次的妈妈。

苦难童年

我的妈妈 1931 年出生于中国北方的铁岭莱牛乡北长沟沿村一个贫苦农民家庭里。九岁时，姥姥、姥爷因病先后去世。妈妈兄弟姐妹共五人。当时大舅只有十一岁。大姨早早嫁给本村王姓人家，中华人民共和国成立前因病过世了。妈妈下面有两个妹妹：我的三姨和老姨。妈妈带着三岁的老姨在有钱人家当使唤丫头，生火做饭、端屎倒尿，伺候主人全家，还要照顾主人家的孩子，连带照顾老姨，终日不闲一刻。

有一次，妈妈带着老姨要去五里地以外的菜家坝看奶奶。主人说："你今天不在家做活就到你奶那里吃饭吧。"母亲只好领着老姨到了奶奶居住的亲戚那里，可早已过了吃早饭的时间。到了吃晚饭的时候，亲戚们不愿意留妈妈和老姨吃饭。奶奶为难地说："天黑了，你俩早些赶路吧。"饿了一天的妈妈带着老姨回到主人家里。主人见状，不给饭吃反而生气地说："去看你们奶奶连饭都没混上！"漫漫黑夜里，老姨饿得实在受不了啦，说："姐呀，我饿！"妈妈含着泪说："你等着，姐给你想法。"邻居吴老二做豆腐，做好的豆腐都放秫秸上晾。母亲见吴老二家灯熄了，就悄悄地过去拿了块豆腐给老姨，老姨三口两口吞进肚子里说："姐，我还要。”妈妈又去给拿了一块。后来，吴老二出来查看，发现豆腐少了两块，自语道：“豆腐让猫还是什么叼了呢？”妈妈不敢再去拿了。这一天一夜饿得妈妈全身无力，几乎昏厥。至此，妈妈落下一饿就虚脱的毛病。没爹没妈的孩子没人疼。妈妈说自打记事起直到中华人民共和国成立时没穿过一件像样的棉衣服，冬天脚冻得受不了，只好插到灰堆里取暖，是共产党和毛主席把她从苦难中救出。

解放军来了，妈妈的好日子有了盼头，她怀着报恩的思想参加了革命工作。

从报党恩到成为共产党人

中华人民共和国成立后，妈妈参加了工作。她把全部精力投入到了工作中。我小时候觉得妈妈一天到晚总在工厂里，每天早早离家，晚上经常半夜回来，有时十天半月才能见她一面。有一年，爸爸经常外出，弟弟在幼儿园长托，我一个人在家有十来天没烧炕，又赶上阴雨天，结果落下了风湿的毛病。

党和人民没有亏待妈妈，妈妈当上了沈阳市劳动模范、辽宁省三八红旗手，还被选为沈阳市第四届人民代表大会代表。这时，我父亲响应党的号召被充实到西丰边远山区工作。妈妈也随后调到西丰工作。别看妈妈不识字，可处理起问题来干脆利落。无论什么难缠的问题，她都能化解。有个工人性格粗暴戾，在家和媳妇打架，大冬天的，他竟拿起棉裤扔到水缸里，把他媳妇气得直哭。妈妈到他家，先狠狠地说了他一顿，然后妈妈说：“你这个脾气真误事，今天咱厂大会战，夜晚加班，你是赶不上了，你失去这个机会多遗憾啊……”这个工人自知理亏，对媳妇说：“把你棉裤给我，我要去厂里参加会战。”在妈妈劝导下，他的脾气改了许多。他说：“刘书记苦口婆心地劝我，我总那样就不是人啦。”

母亲人缘好，爸爸调来铁岭，母亲随迁时，单位的人纷纷前去送行。工厂里有几位无儿无女的孤寡老人，母亲像女儿一样对待他们，照顾他们的日常生活。这些老人临终时，母亲亲自为他们料理后事，使他们体面地离开。逢年过节，总有一些老同志、老朋友从西丰赶来探望她或捎来礼物。我们姐弟常说妈妈是共产党员，一生助人为乐。

妈妈后来因为工伤不得不提前退休，退休后来到银州区还两次被评为区优秀党员。对于这些荣誉，妈妈十分珍惜，一直精心地保存。如今，这些奖章和奖状已成为我们永久的纪念。

教育子女永远跟党走

妈妈的一生永远值得我学习。她在临终时嘱咐我们：丧事从简，不搞上望，不烧期，不收任何丧礼钱，可以送花圈。她说，人死了就不存在了，不给大家添麻烦了。等到妈妈出殡那天，竟然来了二百多人为她送行，连殡仪馆的人都很惊叹。

我的父母都是生在旧中国、长在旧社会，感受新中国、建设新中国的老一辈共产党人。父亲本是一名织布工人，小时候家境贫寒，多亏一位在学校当堂役的邻居帮助，父亲才读了三年书。中华人民共和国成立后，父亲被党和人民选拔并培养当了一名法官，一生办理的案件百余件。有的当事人至今还非常怀念他，说他重证据、重调研。熟悉我父亲的人都说他是一个好人。我曾写诗怀念他：

如此星辰非昨日，而今父爱已难寻。

音容笑貌常浮现，举止言谈总诉陈。

雨雪风霜勤奋进，清廉公正惯洁身。

品行端正人多赞，忠厚老实本分存。

岁月，那么遥远又仿佛近在咫尺。妈妈生前常说，哪个国家也不如咱中国好！要永远听党的话，跟党走！中国梦的实现更离不开中国共产党的领导！妈妈的形象在我们心中永远是一位共产党人的形象。她离开时，我深情地写下：

慈母永别去远行，心中不舍泪难停。

面临生死全无惧，回忆炎凉自有评。

勤奋劳模求进取，忠诚觉悟感恩荣。

高风永励儿孙志，亲友哀思往日情！

在父母的影响下，我从小就下决心，长大了要当一名共产党员。1969 年 4 月，不满二十岁的我加入了中国共产党，后被选调到公安战线当了一名警察。从警生涯曾多次受到表彰，被评为市直机关优秀党员，多次受到上级机关表彰。

人寄天地间，分分秒秒都弥足珍贵。我们在向光明的目标前进时要不忘初心，永远有一颗真诚的心。我身边就有许许多多这样的共产党人，他们是优秀的志愿者，他们用自己的实际行动践行着共产党人的思想和作风。

我引以为豪的是我父母是共产党员，我们姐弟三人也都是共产党员，我的儿子大学期间就加入了中国共产党，我们要永远跟党走，做党的人！

作者简介：谢淑坤，铁岭市公安局退休干部、铁岭市作家协会会员、铁岭老文艺家协会会员、中华诗词学会会员、中国知青作家学会理事、青年作家网签约作家。著有文集《岁月偶拾》《带孙子的快乐时光》，有诗歌、散文散见于国内各级报刊，参加国内外各种征文比赛获各种大小奖励十余次，获奖文章入选成书十余本。

醉美秦岭（外一则）

宋东涛

正值酷暑，朋友邀请进山。早晨七点钟出发，大概走了四十分钟进入一条弯弯曲曲的盘山路——户莱路。眼前高大巍峨的群山，和着扑面而来凉爽的山风，无不告诉我们已经进入秦岭北麓。

这条路通往秦岭腹地，既是林业单位的一条护林要道，又是游览秦岭自然风光的必经之路。它修建于 20 世纪，干净、清幽，宛如一条白色的丝带，蜿蜒盘旋在崇山峻岭的绿波之间，随着山势的起伏，若隐若现，飘忽不定。路的一旁是涝河上游的涝峪沟，清澈见底的河水顺着细长的河谷欢快地流淌，河岸柳丝拂面，一团团、一簇簇的山花，色彩斑斓，点缀在路的两边。当车行驶至半山腰的桦树坪检查站时，我们停车登记，稍事休整，准备再出发。

山路一直向上盘旋，越爬越高，车子也越行越慢。我的心随着颠簸的车子起起伏伏，既新奇又害怕。不一会儿，山路就消失在一片绿海中，我几乎找不到来时的方向。

车子缓缓地穿梭在山梁间，一边是高耸入云的山峰，山体被高大挺拔的华山松、秦岭冷杉、云杉等珍稀的树木覆盖着，郁郁葱葱、遮天蔽日；一边是悬崖峭壁，万丈深渊令人胆战心惊。

秦岭的雾是最神秘的。乳白色的云雾弥漫在群山的山峦间，四处游动，不停地变换着形状。有时聚拢在一起如茫茫的云海，有时散开如薄薄的轻纱；一会儿缠绕在半山腰，一会儿又落入谷底；一会儿出现在前方，一会儿飘荡在四周，真是变幻莫测，难以捉摸。秦岭的雾如梦、如幻、如诗、如画，摸不着，抓不住，使人飘飘然腾云驾雾般逍遥自在；秦岭的雾似烟又似云，成丝或成缕，成卷或成团，使人完全沉浸在神秘缥缈的仙境中。

一团白雾在车前越来越重，越来越浓，眼前一片模糊，车子几乎是摸索着向前移动。忽然，一阵雨随风落下，密密斜斜，敲打着车身的玻璃，发出噼里啪啦的声音让人生畏。正当我们懊恼之际，谁知绕过一座山梁，蔚蓝晴空又出现在眼前，心头的恐惧一扫而光。山里的天气真是变化多端。

一个多小时的车程，我们弃车登山，奔赴秦岭大梁。

爬山当然是辛苦的。绕过一段密林，跨过几座原木搭的木桥，大约走了半个小时。这一路幽静极了，潺潺的流水声，各种不知名的虫叫、鸟鸣声动听悦耳，让人的心瞬间静下来。脚下是缠绕丛生的灌木，粗壮、高耸的大树伸展繁茂的枝叶密密匝匝，遮天蔽日。偶尔有泻下的阳光如带着光芒的银针，落在哪里便再也找不到了。没有道路、没有人烟，我们开始艰难地爬坡。开始还可以弓着腰行走，遇到陡峭的地方，必须手攀枝条，脚踩石缝，手脚并用，紧紧贴着山体一点一点往上挪。越往上行风越大，当我们精疲力竭地爬上山顶，被眼前平坦的地势、开阔的视野、壮丽的风光深深打动。这里是海拔两千九百四十六米的秦岭梁顶——巍峨的秦岭重峦叠嶂，此刻尽收眼底。伸手可触的蓝天白云，蓝天澄澈明净，白云松软素洁。云最为可爱、活跃，时而如羊群快速飘移，时而如仙子舒缓展开舞姿，人心也随之变得豁达超然。这里有碧绿的高山草甸、满坡盛开的紫杜鹃、飞流直下的银色瀑布、神秘的峡谷溶洞，百灵鸟、山雀在林间清脆悦耳地鸣叫。在这里，体验到大自然的豪迈、风起云涌的豁然，让我们远离尘世的纷扰，得到心灵上的安宁。

雄伟的秦岭山脊两侧是长江与黄河的分水岭，是我国南北气候的分界线。不但气候多变，而且物种丰富。这里有珍稀的动植物——活化石银杏、香果树、大熊猫、金丝猴、羚羊、朱鹮等。奇特的地理环境造就了自然的生物大观园。

站在秦岭顶峰极目远眺，树木林立、云雾茫茫、山峦叠嶂、林海绿涛此起彼伏，八百里关中平原仿佛尽收眼底，八水绕长安似朦胧可见，锦绣山河妙不可言……

下山时，已近黄昏，回望秦岭，像一位父亲在默默守护，极尽慈爱，却默默无语。

一张车票

“熊宝，待会儿要转车，你别忘了会合的地方。”坤哥说完便迅速向车厢门口移动。

“大家别挤，打开票，凭票下车。收好……走……”乘务员是个中年男子，身材魁梧，只见他把半个身子堵在门口处，乘客们举着票，一个一个验完票才得以下车。这时人群里出现一阵骚动，一名青年男子拼命挤向门口，眼看已经冲到门口，不料，被黑着脸的中年乘务员一把拽住。乘务员大声问道：“票呢？”青年男子一脸讪笑，一边叫嚷道：“哎！放我下去，我有票……”

这是中转站，很多人要从这里转车，后边的人看到门口被堵住，争先恐后向外冲。前后不到一分钟时间，混乱场面就被几名车站巡警控制住，青年男子被巡警带走。

熊宝本想趁乱下车，还没等他挤到门口，人群又恢复了井然有序。怎么办？怎么办？十六岁的熊宝焦急地寻找出口，这是他第一次出远门，也是十六年来第一次坐火车，他没有钱买火车票。

时间一分一秒地流逝，熊宝又窘又急，他迅速扫视列车的角落，希望发现一个出口。那一刻，他恨不得变成一只虫子爬出去。车上挤满了人，他目光所及是一张张陌生的脸，混乱中那些脸在他眼前晃动，晃得他脑袋疼，越疼越是想不到下车的办法，他的额头沁出密密的一层细汗。

这时，有人嗖的一下从车窗跳出。

半开的窗户，透着光芒，如祥云般向他招手。熊宝眼前一亮，没有犹豫也跟着跳下车。前后只差几秒钟，一前一后落地的声音淹没在嘈杂的站台上。就在熊宝从地上收起双手时，一双黑色的皮鞋闯入他的视线。他本能地抬起头，一个年轻的巡警正对着他乐。

完了，他想。

“你要去哪儿？”

“去琼市，在这里中转!”他小心翼翼地回答。

“跟我来。”

熊宝忐忑地跟在巡警身后，心想该不会被抓了坐牢吧？他越想越害怕，眼泪吧嗒吧嗒落下来。巡警回头望了一眼，没有停下脚步，径直带他来到一家录像厅，安顿他坐下，轻轻交代一声“等我”便离开。

这人生地不熟的地方，怎么和坤哥会合？现在好像是出站了，怎么进站呢？该不会就被扔在这里吧？怎么办？是不是要把我抓走？可为什么没有戴手铐呢？熊宝在电视里见过，做错事的人一旦被警察抓住，都会戴上一副手铐呀！爹和娘还在等他到了南方挣钱贴补家里，尤其爹那一瘸一拐的模样出现在他眼前时，熊宝难过的眼泪再次落下。爹前年给别人盖房子时，不小心从屋顶上摔下来，不但腰摔坏了，一条腿也被摔折了，病好以后，就不能再干重体力活。自从爹只能整日待家里帮着娘干些不出力气的农活。一个大男人，理应靠力气挣钱糊口，现在只能守在家里。夜里，熊宝经常看到爹一个人坐在院子里抹眼泪。熊宝是老大，下面还有一个十三岁的弟弟，一个六岁的妹妹，十六岁的他刚刚长大，是这个家的希望。

熊宝抹了一把眼泪，低声抽泣着，又怕被看录像的人看到，只能不停用袖子擦拭。坤哥看不到自己，是不是就走了，还会不会回来找自己？

录像厅里，光线很暗，大约有十几个观众，有的随着剧情咯咯笑着，有的显然已经睡着，没有人注意到角落里这个哭泣的少年。

熊宝含着泪茫然地盯着屏幕，脑子里一片空白。到底该怎么办？他越想越难过，无助地抱着脑袋又是一阵抽噎。

大约过了二十分钟，有人轻轻拍他的肩膀。他一哆嗦，迅速抬起头，瞪着一双茫然的眼睛。原来是那个年轻巡警，他立刻警觉地站起来。巡警没有说话，微笑着递给他一个塑料饭盒，他木呆呆地伸手接住。

盒饭热乎乎的，盖子上居然躺着一张火车票。熊宝迅速瞟了一眼，没错，是他要去的站名。他一时愣住了，喉咙发酸，傻傻地对着手中的饭盒和火车票发呆。

“吃吧，吃完休息一会儿，别误车。”年轻的巡警说完，转身离开。

后来，熊宝在琼市安家了。他经常开车来这里， 在火车站周边做公益活动，试图在茫茫人海中再次邂逅那个比他大不了几岁的年轻巡警。

可是，再也没有碰到过。

有些人，只见过一面，却铭刻心中；有些事，明明很久远，却愈发让人难忘。

熊宝一直珍藏着那张火车票，珍藏着那份温暖。

作者简介：宋东涛，笔名东风无痕，古都西安人，中学教师，青年作家网签约作家，简书创作者，西安市作家协会会员，在《三峡都市报》《天津日报》《当代快报》等国内省市级报纸有作品发表。

怀念父母亲

宋平亨

岁月如梭，光阴似箭。飞转的时空带走七十二年的岁月，不知不觉已步入老年。农历腊月底，照风俗惯例，我带着儿孙回老家，去祭奠我的父母。随着年龄的增长，每当看到老人的遗容，心里总有说不清道不明的感觉，总觉得没有尽到儿女应尽的孝心。尽管是为党、为国家的需要奔赴外地工作，作为儿女，终是觉得遗憾。

父亲生于1907年，六十八岁时离开人世。清末曾上过几年私塾，当过药铺学徒工，后来自己经营中药店铺。为了办好药铺，他苦学医药，钻研李时珍的《本草纲目》及众多药典，并亲自采集药材炮制中草药。由于中药质量好、口碑好，因此生意兴旺。父亲为人耿直、大方，深受村里人的尊敬。开中药铺时常常济贫救穷，对于拿不出钱的病人，一律免费看病、抓药。父亲心灵手巧，会自己制作糕点。在困难时期，无偿为附近学校的师生加工点心。父亲热情好客，认识的朋友也多，经常在喝茶聊天时为周边的年轻人牵线说媒，促成了不少好姻缘。

父亲非常关心子女的学习。我们兄妹一到七岁就被送到学校上学，这在那个年代真不多。日常有空便会询问在校学习情况，末了会嘱咐道：“学习文化很重要，以后谋生、做人、立业都需要有文化。要多同好学的孩子来往，所谓近朱者赤，近墨者黑。”父亲对我们兄妹要求极其严格，如果发现我们和别家的孩子发生争吵，不管错对，先批评我们，因为他的教育理念永远是一个巴掌拍不响，两个巴掌才啪啪响。父亲的管束虽然严格，对我们的影响却是深远的。

1960 年我开始工作，老人有时赶集路过我所执教的学校，都会顺道去看我。有一次，他看到宿舍墙上我用毛笔写的教学安排表时，边看边说：“毛笔字写得没笔力，要多下功夫练习。照着名帖认真练、用心练，坚持下去自然就有功力了，字自然也就好看了。”说着，父亲拍拍我的肩语重心长地说：“字是人的形象……”父亲还讲到他年轻时一边开药铺学习医药知识，一边练习毛笔字。当时练字的条件很差，他将盘炕用的土炕坯顺墙竖起，将棕榈扎成笔，用一只大碗盛水泡黄土块，写字时把碗里的土块搅碎，稀释成黄泥水，用棕榈笔蘸上黄泥水，在一个平方米的土坯上练习写字，写满，晾干，再写。他每天练习大约半个小时，持之以恒，终于练就了一手刚劲有力的毛笔字。父亲教导我时，总是拿生活中的实例进行引导，而不是进行苍白的说教。他在开中药店前学习医药知识，将学到的内容再拿来做练字内容，这样既练好字体，又将学到的医药知识牢记心中。再难的药典知识、草药炮制方法他都能熟记于心，这得益于他从不偷懒。他常说，只要愿意吃苦，肯下功夫，勤奋一些，就没有干不成的事情。这也就是天道酬勤、功到自然成的道理。在我的记忆里，每年春节的对联都是他老人家亲自书写，他的毛笔字在村里也小有名气。老人家经常告诫我：要虚心向其他先生学习，教书要认真用心，打铁先要自身强，给别人倒“半桶水”，自己首先要有“一桶水”的知识水平，否则教不好学生。待人处事要诚恳，做事稳重，多看书、勤学习，开会时多听少讲，发言时想好了再讲。人常说，会说话的人想着说，不会说话的人抢着说，言多必有失，话到嘴边留三分等。

父亲在生活上也很关心我们。我刚到校任教时，父亲亲自为我准备被褥、脸盆、毛巾等日常用品，虽然经济困难，还不忘让母亲为我做上一套新衣服，并为我买来我心仪已久的帆布书箱。他对子女无微不至的关怀，浓缩着父母对儿女深深的爱。

父亲一生豁达无私。我任教的学校地理位置偏僻，除了土豆和白菜，很少能吃上其他新鲜的蔬菜。父亲了解到情况后，亲自购买几十株西红柿、茄子、黄瓜等菜苗，挑着大竹笼步行几十里路送到学校。当时的校长非常感动，亲自带领教师把菜苗栽到地里。因为很少吃到这些蔬菜，所以不懂怎么侍弄．父亲知道情况后到学校亲自指导。当学校食堂烹炒我们自己栽种的蔬菜时，校长给予我高度的评价。我当时很自豪，其实真正应该感谢的是我的父亲。

每次回家，父亲总要询问学校的情况。当他发现我工作上有思想波动时，便教导我坚持初心，努力学到真本领，拥有真才实学的人就像金子一样总会发光。他曾举例说：“好的衣服有里料和面料区分，裁衣服的人永远不可能将好料子作为衬料，将里料作为面料用的。只要你是块好材料，总会有施展才华的机会的……”

父亲对我的关心总是以大局为重，在细节上给予支持。1963 年我从学校应征入伍，老人家不但不埋怨我，还亲自写信鼓励我在部队好好表现，保家卫国。在我服役期间，他曾两次因肠梗阻做手术都没有告诉我，怕影响我在部队工作，直至我第一次探亲时才知道。

母亲生于 1912 年，1995 年去世。母亲一生勤俭持家，养儿育女，操持家务，纺线织布，裁剪缝衣，纳底上鞋，缝缝补补，样样娴熟。母亲是独生女，聪慧贤良，虽识字不多，但记忆力很好。父亲开中药铺那些年，她在父亲的指导下能将药橱中一百多种常用中草药记牢。有时，父亲外出就由母亲给来人按处方抓药。有时遇到生活困苦的人来求药，母亲也会乐善好施，免费赠药。中草药名目繁多，可她竟能非常熟练地照着药方准确无误地抓好药。母亲心地善良，讲卫生，家里院外打扫得干干净净，和邻里关系融洽，来往和睦。

平凡而伟大的母亲，一生养育了我们兄弟姐妹七人，大家在各自的行业兢兢业业、颇有建树，不论是大学教授、校长、药剂师，还是经商和务农的，都很积极上进。从小到大，父母是我们的第一任教师，给予我们最基础、最深刻、最亲情的教育。严父慈母培养我们从小自食其力、独立生活，从穿衣吃饭到上学就业，这漫长的历程是一步一个脚印、一日复一日、一年又一年地走过来的，是多么的不容易呀！几十年的艰难岁月过去了，刚刚步入幸福生活，可他们又相继去世。作为儿女，心里唯有“子欲养而亲不在”的遗憾。

岁月是无情的，转眼作为儿女的我们也到了古稀之年，到了儿孙膝下绕时，更加思念父母亲，更加体会到父母生育我们、养育我们恩似海、情似山，但儿女们尽孝不够、尊老不足、回报之迟。如今，每当想起这一世的恩情，不禁潸然泪下——音容笑貌又浮现在我面前，只留下深深的回忆和切切的怀念！

作者简介：宋平亨，陕西西安人，高级教师，中共党员，现已退休，先后曾在教育、部队、企业等单位担任不同的职务，勤勤恳恳，默默奉献。是光荣在党五十年纪念章获得者，近年来的书画作品被编入三十多部书籍。

庭院小记

杨兆宏

我的农村老家有一栋房屋，很普通，庭院也不大，朴素而自然。因花草树木众多，稍显凌乱和拥挤。这里是父母的养老之地、我的心灵憩园。当初，还在外面陪读时，父亲说，老屋成了危房，不能住人，他们需要一个养老的地方，多年以后我们回去也有个安身之地，于是就建了这个宅子。

父亲用两年的时间，把庭院经营得漂漂亮亮的。我实在很喜欢，就发了小院的图片到朋友圈。朋友说，看得不过瘾，写一篇文章岂不更好？

好吧！

想写的很多，先说说这一对竹石兄弟吧。

紫竹在石头旁边，石头在院子西南一角。这是我的得意之作。它们的到来可不容易，我甚至觉得与我的忽悠有关。

竹子不多，十几株。紫秆挺拔，绿叶滴翠。当初我要在院子里栽竹子的时候，家人是反对的，理由是没有见过在院子里栽竹子的。我说："宁可食无肉，不可居无竹，这是苏轼说的。苏轼是谁知道吗？大文学家，历史名人哩！当年苏轼一贫如洗的时候，也没有忘记在宅子旁边栽上竹子。有竹高雅，无竹人俗。"家人无言以对，于是这些紫竹终于得以告别族群，走出深山，在此安家，成为庭院一景。

竹子刚挖回来的时候，为便于成活，被剪去了上半部，留下一米多高，栽在荷渠边，凄凄凉凉的，半死不活的样子。后来终于熬过来了，并且在第二年春天，出人意料地冒出了几根笋子！此后几年，竹笋一年一茬，越来越旺盛。我把竹丛四周铺上水泥，防止竹子向周围扩散，又修去品相不佳者，只保留一定数目，于是，就成了现在这个样子。它们四季常绿，相依相偎，俯仰生姿，趣态无穷。即使是在花木众多的庭院里，竹子也是姿态最优美的。特别是在寒冷的冬季，树木叶落，百花凋零，紫竹用绿色给小院平添些许生机。

和竹子紧挨在一起的，是两块大石头。这两块大石头直径一米五左右，圆鼓鼓的，上下堆叠，竟像一对姊妹石，这是建房挖地基时挖掘机从地下挖出来的。父亲说，好大的两个石头，放到下面做基石吧，镇宅子用。我说，还是放在院子边上吧，时(石）来运转，多吉利！于是这两块石头就理直气壮地占据了院子西南一角。为了少占地方，又要显得高大气派，便用挖掘机把两块石头摞在一起。

石头光秃秃地立着，有点突兀。妻从别处讨了一棵粉色的蔷薇栽在旁边。经过几年的生长，蔷薇已经覆盖了石头顶部。每到春夏之交，浓密的花朵串串下垂，给淡雅的竹、石增添了一抹艳丽。

竹子与石头，相依相偎，无限和谐。

有来客踯躅于石、竹之前。

“这里怎么会有石头和竹子呢？”

“石头和竹子还可以这样搭配？”

一高一矮，一胖一瘦，一动一静，一刚一柔。风来，大石静默，竹影婆娑；雪至，竹石相依，风采粲然。

其实，最让我流连的并不是这石、竹二友，而是池塘中间的那个亭子。

原本，这口塘就存在着，就在老宅子不远。新房建好之后，它位居新宅西南，距离院子五十米。后来政府大兴水利建设，扩大面积，加固塘埂，就成了现在这个规模。

“这塘有点单调。”我说。

“是的。”妻应道。

“要是建个亭子就完美了。”我又说。

“当然——多少钱？”妻警觉，忙问。

“几千块吧。”我说，语气轻描淡写，毫不在意。我知道，一定要淡定，装作不要多少钱的样子，否则计划难以通过。

一旁的父亲暗笑。

造亭子请的是非专业人士，一切按照我和父亲的想法建造。先是座基，水底一层，水面一层，再是连接岸边的桥梁，然后是四柱、起脊、上瓦……瓦是灰色仿古的，四檐红蓝搭配，是我和妻自己漆的，挑檐和穹顶用现成的模块，桥栏为雕花大理石，亭内摆了一套石桌凳。

关于造亭子的费用，妻早就明白上当了，却是骑虎难下，总不能半途而废吧。最后花费的数字。造价虽然高了点，效果还是让人满意的，亭子成了宅子最亮丽的风景。

闲暇之际，我总喜欢到凉亭里待一待。看风过水面，留下阵阵涟漪；看锦鳞游泳，徒生羡慕之情。夏天，傍晚，饭后，踱步凉亭，观余晖倒影，听归燕呢喃；柔飏轻扬，静影流苏。夏天傍晚山乡的恬静与安详尽收于此。每每此刻，身，极尽放松；心，无比宁静。

“青山元不动，白云自去来。”在身心忙碌的工作之外，在熙熙攘攘的名利之外，在灯红酒绿的歌舞之外，走出热闹的人群，投身自然的怀抱，安身于此，做一次短暂的休憩，让身心回归家园，让灵魂得到净化，何其快哉！

塘埂外围，是四棵直径四十厘米左右、一字摆开的金钱松。十数米高，枝繁叶茂，苍翠挺拔。树龄不知几何。记忆中，小时候，它们似乎就是这样粗大。这几棵树原是二爷爷留下的，后来父亲和二叔分家给了二叔，留着盖房子用的。二叔在天津出意外已近十年，两个堂兄弟皆在外地，老宅已经复垦，老家已无家。树，年复一年，见证着岁月流逝，体味着人间悲欢。

院子南边，是荷渠。紧临荷渠的是一道坡坎，坡坎顶部是一条小径，直通凉亭。当初，因为坡坎上有沁水，流得满院都是，为了导水，父亲就围绕庭院与坡坎交界处开了一条沟渠。沟渠长约六十米，宽一到两米不等，出口在院子下面的菜园里。为了美化，父亲在沟渠的上半部栽满了四季常绿的石菖蒲。我在沟渠出口处筑坝拦水，又从网上买了荷花种子种在沟渠的下半部，一年后，便有了这荷渠。夏季来临，荷叶如盖，菡萏惊艳，又是一景。

庭院里，多花木和香草。桂花、玉兰、枸骨、红梅、山茶、木瓜、冬青、紫薇、红花檵木、红叶石楠、桃李杏、映山红、月季、绣球、蔷薇、菊花、牡丹、芍药、大丽菊、金银花、兰花、百合、萱草……还有两畦白芨，开花时节，也煞是好看。我常在庭院小径上转悠，看花苞张开笑脸，听小树欢快地拔节，仰望白云流过，俯视虫蚁忙碌……

一年有四季，季季有花香，好不热闹。

立于庭院，举目而望。前面是两山形成的山洼，呈盆地状。一垄垄的梯田，次序排列。抬眼处，对面稀落地住着几户人家。每到傍晚，房顶上升起缕缕炊烟，配以鸡鸣狗叫，归圈的牛羊，宁静的山乡便多了一丝烟火气息。对面再高处，是大片的竹林、松林、枫林、茶园……春归，桃红柳绿；夏至，繁阴掩翠；秋来，银杏金黄；冬临，粉妆玉砌……时时皆恬静，处处悉养眼。静坐，仰观长空雁鹊，静听松涛鸟鸣，时间悄然流逝，岁月仿佛静止，游目骋怀，感极而慨矣！有诗云："春有百花秋有月，夏有凉风冬有雪。若无闲事挂心头，便是人间好时节。"只是，耕作于田间的现代农人、劳累紧张的现代城市人，如何能"心无闲事"？有了闲事，便需医治，也许，医治烦恼事的良方正是在繁忙之余回归自然，回归美好乡村，接受自然的熏陶和洗礼吧！

当初父亲投入巨大精力经营小院的时候，我说："现在农村人都这么少了，干吗还投入这么大精力，搞得跟花园似的？"父亲说："你不懂，不弄得漂亮，我们走了以后，你们会回来住吗？没有老家了，根也就没有了。况且现在不是搞美好乡村建设吗？我们把自己的家建设好，也算是为国家做贡献了。"

我承认父亲是对的。每次回到老家，我都会觉得特别亲切，仿佛自己还是个孩子，那颗奔波劳碌、疲惫惶恐的心可以彻底地平静下来。我渐渐明白，父亲要造房子，不仅是要为自己建一个住处，更是为了帮后代守住一个根，守住我们的来处，守住我们心灵的憩园。而我们每一个人都有自己不该遗弃的来处，都有需要守护的家园，都有心灵深处最隐秘的柔软之处。那是可以让我们在颓废消沉、前途茫然的时候，在意气风发、忘乎所以的时候，回到的地方，是可以寻找清醒、安慰、释放、振作的地方，那是我们灵魂皈依的终极之地。

有朋于庭院中赏景，满脸的羡慕，临了，稍有遗憾，说道："要是四周筑上院墙就完美了。"我说："为什么要筑院墙呢？这样不好吗？放眼皆美景，天然大花园，没必要用院墙把自己孤立起来，让自己隔绝于自然之外啊！"友人哑然。

花草虽好，也要经营。前几年，父亲在家，无须我操心。近几年，闲不住的父亲被朋友请到他的养老中心帮忙管理，母亲身体一直不好，照顾庭院的事自然就落在我的肩上。周末或者假期回到老家，最快乐的事便是侍弄这些花花草草。翻土、种籽、移栽、除草、浇水、修剪……忙得不亦乐乎，常常大汗淋漓。对于我这个生在农村而又脱离体力劳动的人来说，平时依靠散步锻炼身体，总是难以酣畅。而经营庭院，既锻炼身体，又愉悦精神，实在是一举两得。

上次回家，又除草、翻土两天，种上了网上买的混种混色花籽儿，见泥皆撒，期待繁花又一年。

作者简介：杨兆宏，教师，中国散文学会会员，安徽省作家协会会员，安徽省散文随笔学会会员，六安市书法家协会会员，作品刊发于《人民日报》《新民晚报》《新安晚报》《小小说月刊》《青少年文学》《西部散文选刊》《文学欣赏》等刊物及网络媒体。

我的父亲母亲

黄　冰

我的父亲母亲均年事已高，退休多年。但他们身体健康、精神饱满，青丝绝大部分还没有被岁月染白，只有为数不多的一小撮白发。

父亲原是陕西榆林师范学院中文系教授，饱读古今中外经典积累丰厚的父亲，经常在三尺讲台声情并茂地教授世界名著，台下风华正茂的学子们每次都听得如醉如痴。父亲自己也经常为此而深深陶醉，他一有空隙，就会沉潜遨游于浩瀚的书海，甚至是常常不觉东方既白。父亲如此崇敬大师、亲近书籍，完全是出于对文学的一片痴情，所以感觉可以忍饥挨饿，却无法忍受不能在书林漫步的痛苦。读书学习、修身养性已经成为他的一种生命需要。这是那些注重实际的人永远无法理解的。

我的母亲在经济战线上辛苦工作了数十个寒冬炎夏，历练出为人处世严谨细致、干脆利落的作风。银行工作长年累月与钞票、凭证打交道，绝对不能有丝毫的差错。潜移默化、耳濡目染，养成了眼里揉不得一粒沙子的正直秉性。

已成为夕阳一族的我的父亲母亲，数年前开始在古城西安颐养天年。西安既是闻名遐迩的旅游城市，又有汉唐雄风的深刻熏陶，环境与空间，情绪与思想为之豁然开朗，精气神较前大为充足，身体也就“百病不侵了”。这决然不是安于一隅的弹丸小城所能相比的。

每到休假的时候，我都要去省城西安看望父母。每次当汽笛一声长鸣，列车缓缓停在进站口，那支熟悉的令人心碎的歌曲突然响起，瞬间就溢满了整个车厢和窗外广袤的关中平原。“不要问我从哪里来/我的故乡在远方/为什么流浪远方/为了梦中的橄榄树”。橄榄树象征着顽强拼搏的伟大精神，只有像余纯顺那样的壮士，才有非凡的勇气舍弃一切四海飘泊，头也不回地从远方走向远方，用脚步不停地丈量祖国的山川河流。而我屡屡踏足西安这个十三朝古都，只是因为如山海般深厚的父母“迁移”到了这片古色古香的土地上。所以西安也就顺理成章成了我的第二故乡。

每当我随着熙熙攘攘的人群从火车站地下通道出来，翘首等待已久的父母一眼就会看到我，面带倦色却高兴地叫着，接过我的行李又急忙问长问短。父母知我心意，之后相拥着去了不远处的有名的牛肉面馆，照例是一大碗热气腾腾的牛肉面和一盘水浒英雄极爱食用的质嫩爽口、唇齿留香的凉拌牛肉。照例是父母静静坐着，慈爱地看着我吃饭的样子。他们再饿，儿子一来也就“饱了”。我喉头一紧，差点哭出来。真希望眼前这样的情景成为永恒的存在。

在过去难忘的岁月里，上有饱经风霜的暮年祖母，下有孩提时代的我和弟弟。靠着并不宽裕的收入，父母带着我们一路走了过来。等到我们兄弟有了下一代，父母又开始照料培养孙子孙女。从他们初到人间的几个月里开始，十数年如一日，照顾两个孩子的饮食起居，其心细如发的程度，一般隔辈之人少有相匹，吃穿用度无不考虑周到。孩子们渐渐长大，有时贪玩夜归，祖父母就异常着急，就赶快不断打电话让他们迅速“收兵回营”。回家以后等待他们的是早就准备好的饮料、水果和夜宵。只有这个时候，劳累的父母才安心去休息。疲倦的父母心甘情愿享受着人世最美的景致——天伦之乐。“老吾老以及人之老，幼吾幼以及人之幼”。天生善良为本的我的父母，看到别人家的孩子也是一样的热情招待、嘘寒问暖，甚至陌生的困顿之人，父母也会毫不犹豫地慷慨解囊，当然有时候难免上当受骗，但他们依然无怨无悔，坚持送人玫瑰手有余香的宝贵品质。何况，一片诚心没有任何目的地帮助了别人，已经无愧于天地良心，至于其他的根本不在他们考虑之列。

日月如梭，光阴似箭，仿佛转眼之间，孙子孙女们已经“背着书包上学堂了”。父亲重新操练起了老本行——语文，利用一切时间抄录了许多名言、警句、诗词、成语，让孙子孙女从小浸润在优秀的传统文化里。这可都是父亲字斟句酌、一笔一画长期伏案记下来的。

“长亭更短亭，何处是归程？”人生的驿站一个紧接着一个。若干年里，为了生存，我先后辗转于府谷、广州、靖边、子洲等好几个大小城市。每一次出发的前夕，父母都提前好几天为我做好了所有的准备。

每一次回到父母的家园，无论是在西安还是绥德，只要我们一进家门，父母就高兴得合不拢口，母亲赶紧系上围裙去厨房操劳。三代人其乐融融、笑声不断，好一幅温馨的画面。从小到大吃惯了母亲做的饭菜，感觉再大的酒店、再好的厨师，也不如母亲的手艺，一道简单的最能考验功夫的素菜，比如红烧豆腐、醋熘白菜、素炒土豆丝、鸡蛋西红柿……母亲都能做得色香味俱全，让人赞叹不已，就是酒足饭饱了也要忍不住再品尝一番。因为这不仅仅是厨艺高超，更有深深的母爱在其中。

饭后，父亲笑眯眯地拉着我的手走进卧室，给我分享他最新摘录的美文，还和我交流关于历史、文学、人生、社会的种种观点。父亲旁征博引、学识渊博，我洗耳恭听、受益匪浅。

真希望时光凝滞、岁月静好，就这样一直到地老天荒、海枯石烂，我的父母每十年才新增一根白发、重开一条皱纹的壕沟，就这样无论什么时候推开家门，永远都是父母盈盈的笑意和暖心的问侯。

诚愿我的梦想成真！诚愿天下所有的父母幸福快乐、健康长寿！

作者简介：黄冰，男，陕北绥德人，供职于陕西延长石油青阳岔天然气净化厂。系陕西省作家协会会员，中国作家在线、青年作家网签约作家，青年文学家陕西榆林理事会主席。在省级以上报纸杂志和文学平台发表各类文章百余篇，已有两部文学著作出版发行。

神奇的九寨沟

余　祥

九寨沟的秋季是最美的，层林尽染，蓝色和绿色的海子搭配五颜六色的树林，像是打碎的调色盘，散落在了川西的山林之中。早上，我进了景区，坐上观光车前往景区的最深处——长海。游玩那里之后，再步行往回走，前往五彩池以及其他海子。景区很大，坐车到长海需要一个多小时。

越往景区深处走，气温越低。透过观光车的玻璃窗向远处望去，看到了山顶覆盖着皑皑白雪，天空下起了大雪。说来也奇怪，九寨沟景区外围都是晴空万里，但是到了景区深处，却是一番雪景，林海雪原，巍峨雪山，这与景区外的郁郁葱葱形成鲜明对比。坐上景区的大巴车前往长海，路上的风景很美，汽车在盘山公路上不断转弯，海拔从两千多米抬升到三千多米，公路旁边出现几个海子，是下季节海和上季节海。早上静悄悄的，微风吹动着树叶，沙沙作响。我在车上睡了一个香甜的觉之后醒来，在转过一片茂密的树丛后，汽车到达了长海的停车场。下车后，清新的空气扑面而来。

在安静的世界里，沿着木栈道缓缓前行，这里没有都市生活的快节奏。以前上班时一向都是疾步向前，一步都不能停，每时每刻都在盘算着如何完成任务。在这里，永远也不会有那么快的节奏。因为世界不同，带来的节奏也不同。

背着手，沿着不是很宽也不是很窄的栈道走，道旁的草丛传来了阵阵清香，让人知道了它的存在，那一定是一种奇特的青草。靠近，看到青草在微风吹拂下轻轻地点头，像是在向游客鞠躬，原来是那么有礼貌。路两侧有潺潺流水穿过栈道下面，水流的声音很大，水很清澈，水里有很多树丛和碎石，这些石块据说是几年前地震时掉落水中的。

山坡上有很多灰色的树，那是一团团、一丛丛的灌木丛，它们的根部深深扎入石头缝中，任凭奔腾咆哮的水冲刷，像一队尽忠职守的卫兵，每天经历雨打日晒，坚定不移地生长在斜坡上，正是这些密集的树丛，使漫山遍野淌下来的水不得已在此放缓脚步。水浪被这些树丛一挡，变化成无数条银白色的水带，从树丛缝隙之间冲出去，很是壮观。

走了好长一段时间，汗珠开始沁满额头，我拧开矿泉水的瓶盖，仰头，甘甜的水流入喉咙，滋润了全身，于是，有了力气，用餐巾纸擦擦汗，坐在路旁木椅上休息片刻，继续向上走着。

披着晨曦的衣裳，带着晨曦的光芒，登上了山顶，时间刚刚好，东边仍带着光晕。坐在山顶的山石上，眺望着带着晨光的山下。前方是长海，一座藏于雪山之中的海子，这里是九寨沟景区最深处的湖泊。此刻，晨雾环绕，雾气升起，雪山、树林和湖泊交织在一起，美如仙境。而此刻，雪山也仿佛仙人般看着这世间的一切。登山则情满于山，观海则意溢于海。吸一吸气，好好地感受晨光所带来的清凉感觉，一天的美好生活开始了。

此刻正值清晨，由淡紫、蓝灰和橙黄等颜色组成的五彩色调中，红日拖着天边橙黄色的霞光，向游客露出笑脸。山峰、天空、树林、湖泊交相辉映，浑然一体。万丈霞光，让人心潮澎湃。大自然鬼斧神工，造就了美丽的九寨沟。这里的美景被发现得很晚，之前一直隐藏在川西的深山中，静静地度过了几千年，免受世俗的打扰。但是是金子总会发光的，当它初次展露在世人面前时，瞬间惊艳了世界。

熊猫海边的彩林倒映在平静的湖面上，在太阳的照射下变成了彩色世界，有蔚蓝、有草绿、有鹅黄……传说熊猫喜欢到此处饮水，此湖因此得名。但九寨沟最美的湖泊是五花海，五花海的形状像开屏的孔雀，它的色彩也像孔雀羽毛般鲜艳，鲜艳的色调中却也不失柔和。在水中游动着的小鱼，泡在水里的黑色树叶，躺倒在水底的光秃秃的树干，还有水底的细沙和绿色苔藓，以及蔚蓝色的水面，像极了五颜六色的鲜花，因此得名五花海。

九寨沟还有一处神奇的景区，即树正群海景区，树正群沟全长十几公里，共有各种湖泊几十个，犹如几十面宝镜，顺沟绵延数公里，碧波荡漾，最令人叫绝的是树正群海下端的水晶宫，水面达千亩，深达几十米，远眺烟波浩渺，近看积水空明。水面下的湖心深处，有一条乳黄色堤埂，仿佛一条长龙横亘湖底。清风掠过湖面，波光粼粼，卧龙似乎在摆动，风逐水波，呼之欲出；岸上的枫树和草丛与碧波的水面互相映照，宛如仙境，美丽无比。

沿着木栈道下山，来到宽阔的珍珠滩瀑布。该瀑布是老版《西游记》片尾曲的取景地。整个瀑布雄伟壮观，像用晶莹的珍珠做成的屏风，有三层楼那么高，清澈的泉水犹如数万颗珍珠从天而降，大珠小珠落玉盘。当我走近瀑布的时候，瀑布里有很多小水滴落在我脸上，凉飕飕的。水流入嘴角，甘美无比。水流被风一吹，顿时如烟雾飘散开。清凉的水在石头间、树丛里流淌，一会儿快，一会儿慢。在瀑布的冲击力下，中间几棵小树，混合着根部的一些泥木，坚强地屹立在奔腾的流水之中，小树坚韧不拔，不管风吹浪打，我自岿然不动，守护着这条大自然的玉带。

九寨沟出奇的静，没有言语的静，甚至听不到鸟叫声，只有游客的嬉戏声，一切都仿佛被冰雪冻结，时间被它的美所征服，游客惊叹于它的出现使天地间都有了色彩。阳光洒在身上，浑身暖洋洋的，举起手，挡住太阳光所带来的五彩缤纷，拿起照相机留住熊猫海和镜海的美景。

徜徉在珍珠滩瀑布下，走在老虎海和犀牛海的栈道上，看到湖泊中密布的芦苇，我想到了某个哲学家说的话：人是一根会思考的芦苇。远处有游客在大声歌唱《神奇的九寨》，歌声嘹亮，使人心旷神怡。

九寨沟的美，是安静的美，是烙在心中的美。

作者简介：余祥，博士研究生，做过律师，安徽省作家协会会员，中国互联网文学联盟特约作家，青年作家网签约作家，《芙蓉国文汇》签约作家，曾出版畅销长篇小说《玛雅的诱惑》，写诗数百首，作品曾获得全国青年作家文学大赛一等奖。

桂花栗子羹（外一则）

杨苏燕

闲来读文，读到汪曾祺的《栗子》一文，不觉口舌生津。

文中说：把栗子放在竹篮里，挂在通风的地方吹几天，就成了风栗子。风栗子内微有皱纹，微软，吃起来更为细腻有韧性。我没吃过风栗子，读中学时，最爱吃糖炒栗子。学校门口街道拐角处的糖炒栗子铺是我放学时必定驻足的地方。看那咧嘴露出金黄色果肉的糖炒栗子，空气中全是甜滋滋的味道。就算不买，看那么一会儿，闻一闻那甘冽甜香的味儿也极为满足，更别说偶尔用零花钱买上一小包糖炒栗子，迫不及待品尝美味的欢乐时刻。

恋爱的时候，和他经常在冬日午后出去买糖炒栗子。在冬日暖阳下，走过街角，那香气四溢的炒栗香便把我裹住，让我迈不开步。于是，上前买了一包，在暖阳下边走边吃。

我吃糖炒栗子，总是放到嘴巴里嗑开壳，再剥了吃。经常埋怨自己动手能力差，剥个糖炒栗子也不清爽。而糖炒栗子在他手中，却是剥得清清爽爽，壳是壳，肉是肉。于是，他管剥，我用手接过管吃。当然，他剥着，我这边也会往他嘴里塞上一颗。这炒栗肉金黄圆润，香糯可口，阳光下边走边吃，实在让人欢欣至极。

吃得多了，额头嘴角的痘痘如星星之火燎原不息。“女为悦己者容”，不敢多吃了，只能远远路过栗子铺闻闻便作罢。但是，心中实在是惦记着这炒栗的香、炒栗的糯。

“这栗子炒着吃上火，那就煮着吃。”他说。

“煮着吃，没啥味道。”我摇头。

“我研究一下啊，怎么弄个有味道的栗子，吃了又不上火。”他笑嘻嘻地胸有成竹。

那一晚，窗外寒风呼啸，我百无聊赖地窝在宿舍里读书。急促的敲门声响起，跑去打开，高大的身影裹着寒气而进。变戏法似的，他从大衣内掏出一个小暖壶，乐呵呵地说："快尝尝，好吃。"

我惊喜地接过打开，淡淡的桂香和着甜糯的味道即刻在斗室中飘散。

"啥好喝的汤？还撒了桂花？"

"尝一口，就知道啦。"

用调羹舀起，哦，米黄的小果肉，乳白的汤汁上点缀着小金桂。且不说多养眼，一入口，甜糯的感觉，充盈着味蕾，幸福就此蔓延开去……啊，这就是桂花栗子羹！吃到桂花栗子羹的那一刻，对我而言，是恋爱中最惊艳的时光。从此，就惦记上了它那幸福香甜的味道。

后来，世事变迁，与给我做桂花栗子羹的人终究未能执手，但我学会了做桂花栗子羹。

每年冬天，栗子上市时，总是惦记着做一碗桂花栗子羹。双休日，买回一两斤栗子。用刀逐个儿给栗子开口子，再放到锅里蒸熟。蒸熟的栗子晾会儿，一个个剥出果肉，放一些在小炖锅中，加纯净水，再放入冰糖用文火炖。当香糯的栗肉香在厨房飘散时，舀起一小碗撒上桂花，幽香四溢的桂花栗子羹便成了冬日里最可口的甜汤。

这桂花栗子羹儿子很喜欢喝，外子也喜欢。外子也学会了做香醇的栗子羹，有时还加入西湖藕粉，那更是别有一番风味。

偶尔，在喝桂花栗子羹时，也会想起很多年前那个冬夜的栗子羹，心底有淡淡温情，更有淡淡的思绪。岁月如歌，那些青春年华的美丽邂逅，那些温情的往事虽如风过，但某一刻倏忽而至时，便成了时光扉页中那动人的朱砂。

此刻，冬日的黄昏中，客厅内，手捧一碗香醇的桂花栗子羹，看儿子从书房走出，看外子低头摆弄着手中的广角相机，有些恍惚，人间清欢莫过如此……

索面入心

傍晚，收到妹妹寄来的索面。打开快递，揭开纸箱胶带，一大箱白得耀眼的索面一束束缩成“8”字形静静地卧在箱内，轻轻一摸，柔顺丝滑。凑近一闻，呵，就是这种熟悉的味道，淡淡的面香，淡淡的甜咸。一霎时，胸口涌上一股暖流。

这长索面又叫素面，是浙南特产。在温州，瑞安南山村的索面尤为出名，细长如丝，白净顺滑。晴好天气，家家户户门口晾晒的素面就是村子里独特的风景。有微风，垂挂的面丝轻拂，弹性飘逸；无风，一杆杆素面如白帘、如白纱，漫步其间，面香淡淡，景致淡淡，心情也便清淡。

温州人喜欢吃索面。病人康复期间，一碗清汤素面，调理胃口，滋补身体是最好的。产妇坐月子，月子期间基本上要天天吃姜酒索面。亲朋好友去探望贺喜送月里羹，便说去吃索面汤。

主人家一碗喷香的姜酒索面汤端上，令人食欲大开。浓郁醇红的家酿双回酒汤上浮着姜花粒，白色的索面、姜酒味的黑木耳、香菇、虾干，上面卧着两个荷包蛋，看着赏心悦目，客人不禁大快朵颐。

那年秋日，我月子期间，母亲因为诊所繁忙，为我叫了一位据说是当时金乡城一等一的月子阿姨，人称秋仙妈。她是烧索面汤、做月子菜的高手。

母亲的索面汤双回酒味恰到好处，索面不多，两三筷子左右，浮在汤中，两三尾剥了壳、光泽鲜亮的虾干肉，金灿夺目的双黄荷包蛋静卧，我总是呼啦几下就把一碗索面汤下肚。那个月子里，我的体形如吹了气一样涨大，母亲笑眯了眼，说我月子养得好。

母亲烧的索面也闻名亲友邻里间。弟媳妇生老大时，叫了月嫂，她说月嫂烧的菜不入胃，母亲便亲自下厨，月嫂就跟在边上洗洗涮涮。母亲一向麻利，亲友们来送月里羹，八九个人齐至，母亲一边招呼客人喝茶，一边忙着烧索面汤。她有条不紊地在厨间操持，烧浇头、蒸荷包蛋、炝姜酒汤、下索面……不一会儿，八九碗姜酒索面汤便摆上餐桌。客人们一边说着贺喜的话，一边啧啧称赞这索面汤好吃。母亲连连点头，笑成了一朵温馨的花。

那个暑假，我每天带着小碧往母亲家跑，去看侄女，更惦记着母亲的姜酒索面汤。那年母亲五十六岁，还算年轻。她一见我们回去，就笑开了花，一边在厨房里忙着，一边说：“今天要吃几个蛋？索面多些还是浇头多些？”我总是说：“索面多些，索面多些。”而小碧呢，总是奶声奶气地说：“虾干肉多些，面也多些！”

母亲摸着他的头笑："好，好，吃了就不吃午饭了。"

弟媳妇生二胎那年，母亲六十一岁。母亲盼星星盼月亮盼来个男孙，别提有多高兴了，她的美尼斯综合征都不知不觉好了。自然，母亲的索面汤烧得更地道了。亲友们来送月里羹，都说母亲的索面汤更好吃了，可以称为龙港一绝了。我觉得母亲的索面汤远远胜过当年那个一等一的月子阿姨秋仙妈的索面汤。

可不是，母亲的姜酒索面汤酒味不重，自然香醇、恰到好处。有淡淡的姜酒香，不会喝酒的人，津津有味地吃面喝汤，面入味，料入味；会喝酒的人，这姜酒面汤也是深入其心，意犹未尽。

母亲的姜酒索面味汤，我至今想起还是口舌生津。

母亲的清汤索面也能令人久久回味。小时候，母亲一年会烧几次索面汤给我们姐弟仨吃。索面汤放些红糖或白糖，我们就能吃一大碗，汤汁喝完后，还舔着筷子不忍放下。姐弟谁如遇到个感冒伤风、头疼脑热的，吃不下饭时，母亲便一碗索面汤端上。于是我们双眼瞪得滴溜圆，胃口大开，呼啦几口吃完，出了一身汗，便又雀跃着出门去玩了。

成年后，每年暑假回老家，母亲会在午后给我们端上一碗冰糖索面汤。夏日的午后，睡了一觉，吃一小碗冰糖索面，喝着带着面香的甜汤，和母亲聊着家常，听母亲说着亲友们各家的事，也向母亲吐槽自己工作中遇到的琐事和困难。睿智的母亲总是耐心细致地分析，三言两语便让我豁然开朗。

夏日的午后，喝着母亲的冰糖索面汤，望着母亲温柔的笑脸，听着母亲动人的话语，怎一个心境平和、神清气爽。这碗索面在我心中，有了不同的味道。不由感叹，人生如索面，清清爽爽，宁神静心真好。

前两年，母亲在杭治病养病。化疗后，胃口不好，家里亲朋寄来索面。母亲不能吃姜酒面，我烧清汤索面，上面撒些红糖。母亲胃口不好，只能吃几口。那段时间，厨艺不佳的我不断翻各种养生烹饪书，想着法子给母亲做些可口饭菜。我曾在西红柿海参汤中加入一些素面，母亲竟然吃得比平时多了些。她欢心，我更开心。

母亲走后，我没再吃过索面汤。这次，表妹在我家玩，想吃索面了，便让妹妹寄一些来。今天早餐，我们就做了清汤索面汤，放了一些红糖。我吃着索面，喝着汤，眼前全是母亲温暖的微笑。这一碗索面汤，让人恍若隔世……

作者简介：杨苏燕，笔名楚云听荷，小学高级教师，青年作家网签约作家。热爱生活，挚爱文字，倾心抒写。携一缕诗心，在生活中讴歌，在岁月中执着，凭栏听荷风。尤喜散文和现代诗，散文曾在《温州日报》《现代快报》《安徽工人报》《广西工人报》等报纸上发表，诗歌曾在《人民文学》《西湖》《星星》上发表。

北大荒的小城

徐永星

风掠过松树林子的梢头，柞树、桦树都轻盈地摇曳起来，看不完这些挺拔的松林、柞林、桦林，奔腾不息的松花江水。我只是盯着前方，心里却看见了小兴安岭雄浑的暮霭和两边温柔流动的山前草地。

回想当年，秋风把松花江流域的草甸梳理得平平展展的时节，由书记、场长带领一百二十名转业官兵，沿着江堤北部的沃土，披荆斩棘，他们的足迹就是路，沉睡的荒原被唤醒，狼虫虎鹿遁逃深山。

从此，松明篝火烧荒原，人欢马嘶建军屯。官兵挥臂呼喊，马达长吼轰鸣，依兰农场诞生了。

当年的烧荒烽火虽然早已烟飘云散，然而，经历过那段苦风涩雨的人却把它铭刻肺腑、精心珍藏。

现在这个小城仍叫依兰农场，小城非常干净。马路上没有灰土，也没有垃圾。风吹过时，没有纸屑一片片像蝴蝶一样乱飞，更没有灰土扬起眯了人的眼睛。

依兰农场有一条省际道路，沿着农场的边缘而过。另外一条道路是进农场的主要道路，是一条东西走向的路。路是水泥的，路的两边是大理石铺的马路牙子，有一米五宽，高出水泥路面三十多厘米，马路牙子下面有下水等设施顺路而下。路的两边，是修剪过的树木，有松树、丁香、榆树等。树叶翠绿，如同水洗过一样，绿得亮眼，绿得清新。绿叶中，有鸟儿清脆的叫声流淌下来，带着一丝悠闲；还有一丝轻松，在绿色里荡漾着，沁入人的耳朵，融入人的心中，一片凉意。 随着树林间出现鸟的叫声，一声声鸟鸣如一颗颗露珠，清心明目，滋润身心。路上，有车来往，不急不躁地驶过，在两旁的青绿中，如同一尾尾银色的鱼儿，划过绿色的水波。和进场的主道交叉的这条横道是南北走向，北边是学校，在学校的周围有个叫丁香园的公园。这个公园被棵棵丁香树环抱，景色宜人，是一处集休闲、娱乐、健身于一体的场所。

公园的前身叫北大壕，说起北大壕那是过去的事情，早在20世纪50年代，这里是一条人工修建的水渠，时间久了，渠的两岸长满青草野花，野生的淡水鱼和青蛙在此繁衍生息，许多小动物来此安家落户。后来，农场盖起学校，我们也长大知道学习了，我们的心渐渐回到了课堂，慢慢地离开了北大壕。北大壕的故事虽然比较久远，但是他是老一代北大荒人的历史见证。今非昔比，过去的北大壕早已不见，而替代北大壕的是丁香园，是人们休闲娱乐的地方。

再往前走，一栋栋楼房衬托下的就是幸福公园，这个公园的内部栽种了各式各样的树木，有果树、松树、桦树……流水潺潺，曲径通幽，融合了自然与人文的优点，令人陶醉。这里春夏秋冬景色美不胜收。每当夜幕降临，人们从四面八方聚拢而来，伴着五颜六色的霓虹灯光和嘹亮悦耳的鼓乐声，谈天说地，跳舞唱歌，练拳击剑，尽情地享受生活。

1958年，依兰农场陆续建起了砖瓦房，盖起了医院、学校，家属区的职工都住上了砖瓦房。2003年依兰农场第一栋五层、面积七千平方米的住宅楼拔地而起后，紧接着又有十八栋住宅楼建成，包括老年康乐中心、宾馆、医院、学校。目前，依兰农场大部分居民都住进了宽敞明亮的楼房。那一栋栋造型美观、风格各异的新型住宅已成为依兰农场小镇建设中一道亮丽风景线，住宅的不断改善使越来越多的依兰农场人喜上眉梢，心花怒放。

顺着这条道路再往前走就是松花江边的怡园了。一条蜿蜒的大江——松花江，在农场的公园边上流过，远远地看着江水就如同女孩子的眼光一样柔、一样亮。水边是一排排的野生白杨树、柳树。芦苇在沟塘随意地生长，水鸟拍着翅膀，在夕阳下一圈又一圈地飞着，翅膀一敛，隐入暮霭中去。江边的水中漂荡着渔船，渔船中起网的渔夫正在收获着丰收的喜悦。

拐过马路，有一条小巷。沿着小巷走着，旁边的楼上不时露出一盆盆的花草，一位老妇人正在修理着花枝，这正是我的岳父母家。说起我的岳父母，原来在佳木斯，我们两家是邻居，1968年农垦总局成立生产建设兵团，一夜之间，农垦总局的转业官兵都要下放到农场去。当时我的岳父在农垦总局物资处工作，给物资处长郭茂连当秘书，后来又和徐相魁叔叔在一起工作。下放的地点由自己选择，一是佳木斯肉联厂，当时他没看中那里的工作环境；而另一个就是有山有水的依兰农场，最后选择了这里，在这里一住就是四十多年。开始在组织科工作，最后在农场物资科任保管员直到退休。我们家也在那年去了虎林八五〇农场，后来在1975年到了兵团收获机械厂，1992年返回佳木斯。我的岳母名叫孙锡风，为人正直善良。1968 年全家搬到依兰农场后，她一直从事妇女连的劳动工作，在果园、服装厂、连队劳动，一直工作到20世纪80年代，为农场的发展建设贡献了自己的一份力量。

现在走进房门，映入眼帘的是一盆盆的鲜花，仙人箭开着粉色的花，长寿花开着红色的花、白色的花，黄金塔开着黄色的花。兰花、四季兰、虎尾兰、元宝花、紫根兰、海棠、三角梅等五颜六色，竞相斗艳，简直成了花的海洋。我的岳母正在给花浇水、整理花枝。

小城早上热闹起来，医院运行正常，孩子们在去上学校，清洁工人在街道上清理垃圾。大家早晨起来吃罢早点夹着包，或步行桥下或车行桥上去上班。一天的工作结束后，一家人高高兴兴地沿着马路散步，或者沿着小巷边走边聊，对一片绿地和花朵指点笑谈。

这样的小城，如同郁金香，红红火火一片蓬勃，却生长在静静的小巷深处……

我坐在窗前，留恋于这片绿色的海洋。

作者简介：徐永星，男，青年作家网签约作家。先后在黑龙江生产建设兵团四师三十八团糖厂、兵团收获机械厂、佳木斯农垦科学院农药厂工作，后创办了农药销售公司。爱好写作，常在报刊和网络平台发表文章。

朦胧的鸟鸣寂静的晨（外三则）

周雪凤

晨曦照入窗子时，我还赖床未起。我在心里将这一天要完成的几件小事列着清单。

透过没有关牢的窗户，鸟鸣声乘虚而入，却似给清晨添了几分寂静。小路上人语稀疏，讲的隐约是游走他乡的我听得迷迷糊糊、弄不明白的方言。

那些早起的人，把问候散落在空旷的山野，仿佛有一种“空山不见人，但闻人语响”的深远意境。清晰的问候和叽叽喳喳的鸟鸣一起被收录在大自然的语言库里。

我睡眼蒙眬地顶着松乱的头发，端着一杯温开水临窗而立，渴望有惊喜跌入视线里，是松果突然掉落，还是山羊爬上了坡？当我渴望透过玻璃窗看到一个崭新的清晨时，雾像一层白纱，遮住了我的眼睛，给足了我对美的憧憬。

我听见树上传来隐隐约约的、张牙舞爪朝四周延展的声音。待发的青芽，在努力打量这个世界，有那么一瞬与我对视，我竟没有察觉。

我听见万物复苏的声音，有的舒缓如一首柔板的浪漫曲，有的掷地有声，像要惊醒梦中的人。

太阳落进迷雾重重的山野，失去了方向，好像被困在某个区域。那轻薄、隐形的墙，有一种神奇的魔力，把太阳的暖，牢牢锁在了山林里。

因为雾霭朦胧，一切都显得朦胧。

亦幻亦真的清晨，仿佛要将人带入昨晚的梦境里，或者可以把昨晚的梦重新搬上神秘的舞台。我的眼神在迷离中跌跌撞撞。这一会儿的静止入定，只留给我屈指可数的时间，痴痴地看着这个清晨，把这独一无二的清晨定格在记忆里，想想也很美好。

我看不到飞鸟划过天际的身影，只从一声声鸣叫中感受到了它们的欢欣、自由和对温柔的春天的几分欣喜。

寂静的清晨，迷雾蒙蒙，却让我把三月的萌动听得清清楚楚。

三月的风，少了些许柔软，微微凉，正好把万物从沉沉的睡梦里催醒。四季像一首回文诗，同一个意象是这一季的起笔，又是下一季的落笔，而不可或缺的季风，恰到好处地将每一个意象都画上了独特的标识。

风落入山野，如一滴墨落在宣纸上，把春色缓缓地晕染开来。青草地从淡绿到深绿，花一树一树地开，春天的美，逐渐清晰起来。

种下一份欢喜

记忆里，祖母佝偻着背在老家旁的园子里忙碌，背上驮着太阳，从日出到日落。现在换成了母亲。

母亲和祖母一样喜欢这个园子，也爱园子里的光阴。周末我回家时，天刚刚放晴，母亲吩咐我把去年的种子找出来晒一晒。她开始为园子盘算整个春天了。

在柜子的角落里有一个不起眼的铁盒，里面全是用旧报纸包裹的种子，每一包都标记了名字：黄瓜、豆角、茄子、辣椒……

我把包裹种子的报纸一一拆开，为防止清风突然“打喷嚏”把种子吹落，我用小石子压着报纸的边角，将其稳稳地摊晒在窗台上。母亲看着这些宝贝种子，像孩子看到珍藏的玩具一般欢喜，嘴角上扬，眼睛里闪着光芒。

我隔着篱笆墙朝母亲的园子里望去，蔬菜长得极好，郁郁葱葱。每次回家，我都喜欢跟随母亲去园子里摘菜，听母亲分享满园子花草果蔬的故事。若脚下碰到成熟的瓜果，我也会忍不住摘下来，在衣角上擦一擦就送进嘴里。若是被母亲看到，我则笑呵呵地说：“不干不净，吃了没病。”“嘿，这孩子！”母亲投来无奈的目光。

园子的一角，种了好几种果树，有橘树、李树、桃树、枇杷树和柚子树。柚子树几乎是我的专属，我最爱吃柚子。记得冬藏时，母亲把成熟的柚子藏在谷堆里保鲜，为我留得最久。

我跟在母亲身后在园子里转时，卸下疲惫，一身轻松，仿佛回到了无忧无虑的年纪，和孩童一般心心念念地盼着刚种的瓜果转眼成熟，也眼睁睁地看着种子变成小苗，然后一点点长大。

离开家出去工作，园子便成了我和母亲一年四季日常通话内容的一部分，种下了新品种的蔬菜或者哪种瓜结得最好，母亲都会跟我分享。她的言语里，掩藏不住内心的欢喜。

也许在母亲眼里，园子就是她能施展身手的乐园，栽种蔬果，亦是栽种一份欢喜。看到人家夸奖她的园子打理得妥当时，她高兴得合不拢嘴。

“什么时候回来摘蔬菜？”母亲常常提醒我。我这时才发觉自己又有好久没有回家了。大概园里的蔬菜瓜果用它们成熟的信号在提示着我不要忘了常回家看看吧。

园子旁常有不知名的小花开放，我仿佛闻到了清香。希望母亲的园子永远生机盎然，永远成为我念念不忘的地方。

稻子的一生

父亲的手里，攥着稻子的一生。

即将开春时，他把稻种从仓库里搬出来，放在柔和的阳光下透透气，接着把它们倒入大水缸里，捞去浮壳，剩下的种子就成了稻田、整个春天的希望。

父亲凭借着多年的种稻经验，只稍稍用手一试，就知道水温符不符合育种的温度。几口大缸规规矩矩地摆放在院子里，只等父亲大显身手。

被选为育种的稻子是极其珍贵的，父亲照顾它们不亚于照顾孩子。按照比例调配好，再分袋装好，每个纤维袋里只装几斤，放在缸里，用石头压着，使袋子充分地泡入水中。

在温暖的环境下，种子发芽了。父亲把它们撒在一畦畦育苗的农田，盖上地膜，等着绿芽一点点往上冒。

春天的雨透着一股寒意，风稍大些，便吹得地膜呼呼地响。天晴时的正午，太阳照在地膜上，地膜里水雾朦胧，父亲便把地膜两头敞开，让热气出来。不管晴雨，父亲守着这块育苗田，像守护自己的孩子。

春种的信号传来，田地里热闹起来，一把把秧苗从父亲的手中经过，按照一定的距离散开在犁好的水田里，接下来，白茫茫的水田陆陆续续被禾苗填满，从稀稀疏疏到茂盛稠密。

盛夏之时，收获完第一季稻子，紧接着把晚稻种下去。从父亲手中经过了多少种子、多少禾苗、多少粮食，父亲凭借着多年的经验把农活做到极致，他真的是一位很专业的种稻高手。

每每回家，父亲与我聊天，他分享他的农事与丰收，我分享我教学工作中的小插曲，他照时育稻，我教书育人，尽全力让手中的“苗”茁壮成长，获得丰收。他说：“做任何工作，都要对得起自己的良心。”做一事，专一事，从父亲身上，我明白了付出的意义。

秋收时，橙黄的粮食堆成了小山。父亲用木耙推开稻谷，让它们均匀地在地上晾晒，直到把水分晒干。他用手抓起一把谷子品尝，咬得脆脆地响。

父亲目送一车车稻谷装袋运走，心中生出无限感慨。他敲了敲烟斗，说：“老啦，种不动啦，明年还不知道能出这么多粮食不？”

他每年都这么说，可是每年都种这么多稻，年复一年。曾经，他靠着这些粮食供我读书，而今，早该歇一歇了，我劝他放下担子，过得清闲些，他嘴里答应，到了来年，依然不变。

冬藏之时，我端着父亲今年打出来的第一碗香喷喷的新米饭，想起了稻子的一生。

不知庭霰今朝落

屋里开了一盏昏黄的夜灯，恰如一方壁炉，暖了一晚好梦。

梦里，我听见一个欣喜的声音：“看呀，下雪啦！”我醒了，以为还在梦里，却想起身看看外面是不是真的在落雪。

推开窗，天灰蒙蒙的，还未完全亮。在路灯的映衬下，我望见地上已是浅浅的一层白，仿佛起了一层霜。天空时不时飘落的雪花，像有一年的暮春我在北方见到的柳絮，毫不张扬，却浪漫至极。

“不知庭霰今朝落”，我竟不知，北风吹、白雪至是如此准时。想来，北风总归不会谎报消息。

久居南方，落雪并不是那么常见，见之自然是让人满心欢喜的。孩子和老人看到雪都很高兴，我的心情也比往常更加畅快，总觉得因为这白雪，生活里突然多了许多乐趣。

“冻笔新诗懒写，寒炉美酒时温。醉看墨花月白，恍疑雪满前村。”意境唯美浪漫，在这个初雪纷飞的清晨赏读，给我带来美妙的憧憬。

香山居士问：“晚来天欲雪，能饮一杯无？”大概没有人能抵挡住他的邀请，多想与之在雪天围炉而坐，一壶温酒话诗词。

脑海里储存的这些美好的词句，总能在恰当的时机冒出来，触动人的心弦，仿佛把人带入千年以前的意境，大概这就是阅读之妙吧，它让你守住了时光，或者在回顾过往时不觉得乏味。

下雪天，人们自然不便出门，靠在窗前赏雪、等雪，只待雪落得厚一些，便可以玩耍，堆雪人或者打雪仗，都是朴质而又有些期待的事。

忆起儿时，我在乡间过冬，冬天的村庄十分静谧。天晴的时候，村里的老人三三两两向阳而坐，在屋角聊着家常，阳光照在脸上，皱纹丝毫没有让岁月显得落寞，反而多了些许岁月静好。遇到下雪天，老人们便围着炉火讲故事，烤着香糯的糍粑，煨几个红薯，心里暖融融的，连空气都是温暖的。

今日，我不知雪会落，没准备炉火，老人也不在身旁，只有从老家带来的父母亲手做的糍粑，白如雪，炙烤过后，糯香阵阵，满屋都是儿时的味道，却再也不见了那个爱听《白雪公主》的小女孩。

雨雪霜晴，朝露暮云，一去无返。生命的时光是短暂的，生命的记忆却是永恒的。

作者简介：周雪凤，笔名曼古乔，系湖南省散文学会会员，岳阳市作家协会会员，青年作家网签约作家。文章被收录于多本合集。

香樟老树

廖永高

老树香樟，是阿婆留给我的家产。阿婆走的时候很匆忙，忘记带上雨伞，没看到小树长成的模样。如是桂花，就让它四季飘香；如是香樟，长大了用它制成家具。

许多年后，父亲要改造老宅，让我把香樟伐了。

扶着香樟，我在风中惆怅，寻找着零星的记忆，可是没找着更多的回想。留着它吧！让它肆意疯长，横可环抱，高可伸展。

望着香樟，它已越过墙头，形成了气候。虽没有“米粒”桂花的芬芳，也没有劲松旁逸斜出的婀娜，更比不了枞针叠嶂美丽的树塔。

繁密的树冠，挺拔的身段，香樟的形态让你找不到风的方向，只能听见风吹绿叶沙沙作响，还有栖在枝头的鸟儿在轻唱。

香樟与风嬉戏，让鸟作栖，随冬去满庭春雨，披夏散一架秋风，经过了淬砺雪霜，岁月沧桑，老树香樟至今还是这么年轻。

香樟树已有四十多岁了，任时光流长，有段过往将烟消云散。即便是拥有，我无须去搜寻，我也无须去证明。阿婆离我仙去，只在为我隔空守望，愿我像香樟一样，生作其形，死亦其魂。

阿婆是我的曾祖母，民国时期出生的人，地道的“小脚奶奶”。

为了照顾行走不便的阿婆，六岁那年，父亲就把我养在她的膝下，也好让我们相互照应。我的童年是跟着阿婆度过的，整天围着她转，形同影子一般。我只把阿婆当作避风的港，阿婆却把我看成行走的杖。

日子过得很清苦，我也给阿婆的生活添了些快乐时光。“风烛残年，青灯黄卷”，只可惜祖孙重叠的时光短浅。阿婆走的那年，我才十岁，对于她的印象，留存下来的有些支离破碎。

阿婆命苦，曾祖父走的时候，我还没有记忆。我爷爷也是英年早逝，奶奶是童养媳，阿婆舍不得奶奶受苦劝她改嫁了，毅然自己抚养我父亲，直到父亲结婚生下我和弟弟。阿婆住过牛栏，也住过祠堂，当然没少二爹的救济，还有许多邻里的帮忙。

阿婆是父亲的奶奶，那些伤心事阿婆从来不告诉我，她只说父亲过得很艰难，从不提当初自己的绝望。这些都是我长大后从父亲那里打听来的。

阿婆，其实我根本不知道她的名字，别人都喊她杨婆，几次试图问她，她都很沉重地说：

“小孩子家，不能直呼长辈名。”

许多年后，答案在她灵位上找到了，“杨氏腾英”。

阿婆是裹脚的奶奶，但年轻时绝对也是干活的好手，一生麻利干净，总是力所能及地帮助爸爸妈妈干点啥，到了晚年仍旧放不下手里的活计。

老宅的旁边有半晌地，那是阿婆的“开心农场”，翻土松地虽是力气活，平出来的地看似倒拖了一耙，虽说难看但也郁郁葱葱一片。

香樟的幼苗是在这片土地里育出的，刚来之时，“一禾孑立，从草蔓低”。它有极强的生命力，一个春秋就抽出了细茎长成树苗。阿婆又挑了个阳光充足地方将苗移栽，她前边夯实我着后浇水，嘴里跟我不停地念叨：

“我们乡下有个习俗，有钱人家嫁娶，都要从江南挑选红杉木或香樟木制作家具，以备迎婚嫁娶。我一个老太婆身残，一生啥也没留下，以前是领着你爸爸讨生活，苟且偷生到现在。将来你要结婚了，香樟就成材了，可拿它来用……”

是的，阿婆一生之中，别无长物。她走过径路窄处，行“先生”之风，山高水长。香樟只不过是留存给我的一段故事，随四季过往，让春日和煦，伴秋风瑟瑟……

离去的阿婆，那是枯叶在枝头飘落。送行的队伍中，我在撕心裂肺地哭喊着，我要撼动天地留住阿婆，拽紧她的手不让她走。

对阿婆的思念是切肤之痛，几年之后，我才慢慢平复。香樟同我一样，一天天地长大了，再见到它时，已是一树华枝，遮天蔽日。就是待到黄昏，天色渐暗，它的绿意从未变淡，香樟已是大树，它是标志，是我回家的方向。

作者简介：廖永高，笔名焦赛月光，安徽安庆人，喜爱文学。青年作家网签约作家，青年作家网网络会员，安庆作家协会会员，中国散文网网络会员。三亚杯全国文学大赛银奖，第三届全国青年作家杯一等奖，《花开四季》全国征文三等奖，文章散见于《清风文学》《文学月报》，全国青年作家优秀作品选《花开四季》，被青年作家网评选为“网文之星”和2021年度优秀作家。

穿越之旅（外二则）

司　哲

“黄沙百战穿金甲，不破楼兰终不还。”听着老师讲《从军行》，不由得也想起了自己与黄沙的亲密接触——那一场沙漠穿越之旅。

我清晰地记得那是三年级的初夏，坐了一夜的火车，出站后直奔沙漠。领队在出发前严肃地介绍了在沙漠里行走的纪律，见我们冻得哆哆嗦嗦，轻蔑地说：“穿这么多，到中午有你们受的。”我和队友一脸茫然，相互加油，然后就随着领队走进了沙漠。

从平缓的沙地，到一个个沙丘连绵起伏，极目远眺，苍茫大漠无边无垠。我和队友们兴奋极了，在陡陡的沙丘上爬上滑下。与沙漠共舞不过五分钟就被领队狠狠训斥无组织纪律。在一个队友从沙丘上滚下来伤了手腕之后，我们便都老老实实听领队指挥了。

午饭就是躲在沙丘背面喝白开水啃干面包，腿沉得像灌了铅，一步都不想走了，早知道这么累，就省省体力了。在短暂的休整后，又被领队给吼了起来，因为在沙漠中不能长时间停留，唯一的选择就是前行。爬上眼前的沙丘，我放眼望去，茫茫沙漠无边无际，感觉自己就像一只小蚂蚁，不知道什么时候才能走出去，有点后悔选择沙漠之行了。

沙漠里的风从不孤单，走到哪都会卷着沙子，呼啸而来的风沙打到脸上生疼。“大漠风尘日色昏”，行走在沙丘的脊背上，深一脚浅一脚的，就这样一步一步，走了两个多少小时后，昏天暗地变成了烈日炎炎，煎烤着我们这些“小蚂蚁”。在领队的鼓励下，我们拖着沉重的双腿，裹着被汗水浸透的衣服，向沙漠腹地前进。“今夜不知何处宿，平沙万里绝人烟。”此时的我们狼狈不堪，就连满心期待的沙漠露营，也不能缓解我跌入谷底的心情。又走了无数步，终于看到了不远处的露营地。一阵微风轻轻吹来，显得特别凉爽。我不由得回头看看走过的路，没有一串串脚印，只有一轮又圆又大的红日挂在地平线上，温柔地看着我。

日落而星出，晚饭后，裹着厚厚的衣服在篝火旁，享受着沙漠的安静美好。“大漠沙如雪，燕山月似钩。”原来是真的，在月光下像是铺上一层白皑皑的雪。我告别沙丘上闪烁的星星，进了帐篷便昏睡一整夜。第二天清早随队伍再出发，终于在黄昏前就走出了沙漠。凶巴巴的领队却笑了，对我们说：“小伙子们，你们都是最棒的！下一次，咱们腾格里见！”

一场沙漠穿越，虽然没有行走千里，但是，如果没有一步一步的行走，如果没有不懈的坚持，我又怎么能看到大漠落日圆，又怎么能看到“陇上明星高复低”，又怎么能完成我的穿越之旅？

嘿，那小子！

5月的乡村，丁香花开得正艳。班长王寒冰结束了晨练，拎起草丛中的书包，哼着小曲儿从树林里走出来。她觉得书包有点沉，心想，可能是锻炼累了。虽然肩头上感到满满的压力，但这一点儿也不影响她上学的好心情。

一进校门，王寒冰就看见“淘气包”张明围着老师的自行车鬼鬼祟祟地转圈，像是要动手脚的样子。王寒冰的脸上瞬间阴云密布，厉声道：“嘿！那小子！你干什么呢！”“我干我的事，跟你有半毛钱关系？哪凉快哪待着去！”张明头一甩，眼儿一斜，一股狂气儿从鼻孔里喷出来，不屑地说。王寒冰被气得直跺脚，指着他刚喷完狂气儿的鼻子，气冲冲地说：“好你个张明，老师批评你往我杯里滴墨水，你就睚眦必报要‘报复’老师？你……你给我等着，我就这告诉老师去！”说罢，猛地一转身，马尾辫狠狠地抽到了张明的脸上。张明倒吸一口凉气，摸了摸脸，那叫一个疼呀。

张明看到王寒冰从自己身边走过去的时候，愣住了，好像看到了什么。他一个箭步冲上去，夺过了班长的书包。王寒冰呢，被猛地一拉，重心不稳，结结实实地摔在地上。这一幕被陆天看在眼里，他急忙上前，扶起班长，怒斥张明：“竟然欺负女生，你也太过分了吧！”话音刚落，就见张明跟得了失心疯似的用脚狂踩书包。陆天冲上去想要阻拦张明，哪知张明一甩膀子，把陆天给抡了一个大屁墩儿。班长王寒冰扶起陆天，两人一瘸一拐地向办公室走去。

班主任得知此事后，怒发冲冠，进教室找他。此时，后排的同学们聊得正欢。“徐明、铁蛋，你俩把张明给我‘押’到办公室来!”李军老师怒喝道。“是!”徐明、铁蛋异口同声地答道。

再看张明那边，对着被他踩得稀巴烂的书包自言自语道：“好险，好险，亏得我身手利落，不然的话，后果不堪设想呀。”这时候，铁蛋、徐明也到了张明面前，徐明一脸坏笑地说：“奉老师之命，前来接你去办公室，哥们儿，跟我们走一趟呗。”“少废话，把那个拿上。”张明用下巴颏指了指地上的烂书包。

铁蛋、徐明架着张明的胳膊到了办公室，把用木棍挑着的“罪证”也放在了老师面前。陆天和班长看到书包里流出来的鲜血，吓得向后退了几步，一个踉跄，又摔了一跤。老师见状也倒吸了一口凉气，赶紧问张明这是怎么回事。

“五步蛇，幸亏还是小的，不然我们全玩完儿了。我见过上学背书背本儿的，可没见过上学背毒蛇的。”张明瞥了一眼坐在地上的王寒冰，接着说：“5 月份，毒蛇开始出没，您别有事没事就往林子里钻，太危险了。”

王寒冰从惊恐中缓过神来，红着脸对张明说：“对不起呀，是我误会你了，谢……”谢字还没说完，眼神一闪，接着就问张明：“那你围着老师的自行车干吗？”张明挠了挠头说：“你问问老师，自行车的车闸是不是不好用了？我正想寻找个工具给修一下，你就‘杀’出来了。”老师吃了一惊，接着说：“还真是有点不好用了，你这小子还挺细心，谢谢你呀。”

李军老师拉起了王寒冰和陆天，眼神扫了一下身后的椅子，似乎想要坐下。这时，就见张明一个扫堂腿，把椅子踢到了老师身后，坏笑着说：“老师请坐，没事儿我就先走了。” “你爹有三天没揍你了吧，给我老老实实待在这儿。”接着把徐明、铁蛋、陆天、王寒冰都叫到了面前，推了推鼻梁上那副眼镜，语重心长地说，“今天，我们都误会张明了，他为了保护大家，冒着生命危险踩死毒蛇，我们应该好好谢谢他。孩子们要记住，真相只有一个，但不一定是我们眼前看到的这个。”班长王寒冰接过话茬儿：“张明，谢谢你，你救了我，也让我知道了，在没有弄清真相的时候，不能妄下结论。”

上课铃响了，张明边向办公室门口走去，边朝后挥手说：“回见了您呐，我去上课啦。”“明哥明哥，你那招扫堂腿练几年了，真帅，教教我呗！”徐明用胳膊肘杵了杵铁蛋，俩人也紧跟着走了出去。

班长王寒冰望着窗外，丁香花依旧在风中翩翩起舞，只是张明已不再是她以前认识的那小子。

家风的传承

家风，是一个家族代代相传的家族文化风格，是个体成长的精神印记。作家梁晓声说：“最好的家风，一定是有阅读传统的家风。”而我家的家风正是读书，好读书，读好书。

听姥姥讲，她有个做老师的哥哥，总能借来书给她读，并且对她说：“书是好朋友，是人类进步的阶梯，读书会让人的精神富有起来。”那个年代家里非常拮据，连煤油灯都舍不得多用，偏偏姥姥又喜欢读书。她常常在全家入睡后，还坐在昏暗的灯光下读书，太姥姥醒来一次催一次，再醒来一次又催一次，有时甚至会恼怒地说：“小祖宗，求你了，快睡觉吧，省点煤油吧……”我见过姥姥年轻时的照片，真的是“腹有诗书气自华”。

妈妈喜欢读书，也喜欢给我买书。很多时候，妈妈会接上姥姥和姥爷，我们一起在书店，每人一本书，一杯茶，看着各自喜欢的书，或者轻声讨论书中精彩内容：神奇的量子世界、无处不在的化学元素、远古时期的炎黄战蚩尤；唐宗宋祖的朝代里，王勃抢滕王女婿的风头挥笔写下《滕王阁序》、贺知章拿金龟换酒款待谪仙人、李白让高力士给脱靴、佛印让苏东坡“一屁过江来”……这些都是我们的乐趣。

妈妈说她小时候住在很偏僻的小镇上，小镇没有书店，家里也没有适合妈妈读的书，于是姥姥就每天把日历上的语句读给妈妈听。培根说“知识就是力量”，雨果说“书籍是造就灵魂的工具”……那些话成了妈妈最早记住的名人名言。妈妈的第一本课外书，是小学时作文比赛的奖品，那上面印她自己写的作文。她如获至宝一般捧在手里反复翻看，直到把书看厚（看厚是说，当书被反复翻看后，会比新书厚一些，尤其与书脊对比）。后来，生活好了，交通方便了，妈妈最爱干的事情，就是用省下的饭钱去买书，并用旧报纸工工整整地给书包上书皮，她说那是对书的尊重。直到现在，每次开学，妈妈仍会带着我一起包书皮，即便是用最简单的白纸。

小时候，我总是不理解为什么妈妈手里一捧着书，就听不到我说话。直到我长大了，才发现在我也是这样。妈妈跟我说话我完全不知道，感觉到了，只能用“嗯”“啊”来糊弄。有一次妈妈调皮，问我水里放糖还是放盐，我一通儿的“嗯”“啊”，结果喝了一大杯盐水。所以，读书时耳朵是“不管用”的，这我深有体会。

如果说买零食，妈妈可能会犹豫，但如果是买书，妈妈一定不会犹豫。每逢假期，我看书睡得晚一些，她也不会约束我。有一次，我抱着一本《杜鲁门》睡着了，夜里翻身时被书硌醒，然后又继续看。不过大多时候，我都喜欢早早醒来，在客厅或者卧室守着书架，翻看喜欢的书。妈妈从不打扰我，因为这是我最喜欢的晨读时光。

“书架，是一个家庭最好的不动产”，在我的家里，客厅、卧室都有书架，那简简单单几块木板支起的书架，上面堆满了各式各样的书籍，有被妈妈标注得密密麻麻的《山海经》《易经》，有被我看了的《毛泽东诗词》、王树增战争系列书籍。书架就像是一个伟大而又神秘的世界，等待着我去探寻，等待着我去征服。

在我家，书香伴随着一代又一代人的成长，好读书、读好书的家风也将会继续传承下去。我希望有更多的人，能与家人一起享受阅读的好时光。

作者简介：司哲，北京人，喜爱阅读写作，多次获得北京市及全国作文比赛奖项，作品发表于《开心作文》《读者报·创新作文》《 趣解同步作文 》《中国少年作家》等书籍刊物。

剪纸画

杨凤宝

当我欣赏剪纸画的时候，童年生活的情景便冲破记忆的闸门，跃入眼帘，历历在目，如影相随。

母亲用她那灵巧的双手，剪出了一个令人叹为观止的七彩世界，在我童年的心灵里留下美好的生活画卷。

那时候，只要走进我家的室内，就会看到墙壁上贴满了五颜六色的剪纸画。一盆盆鲜花姹紫嫣红，争奇斗艳。令人心醉神迷，如同走进人间花海。

我最喜欢北墙上那幅剪纸画了。远处是崇山峻岭，层峦叠嶂，郁郁葱葱；近处是一湾清澈的溪水，潺潺流淌。水中游弋着几只洁白的小鸭子，有的将头潜入水中，有的将头露出水面。靠前一只眨着眼睛，拍打着双翅，激起千层浪花，展翅欲飞。岸上的童子斜卧在如茵的绿草中，手捧着诗卷正聚精会神地阅读着。耳畔好似传来琅琅书声。这美妙悦耳的声音，在我幼小的心灵深处播下了文学梦的种子。

这幅画的前部是零散的鲜花点缀在嫩绿的草丛中，似天空中闪烁的繁星。几只蝴蝶在花前翩翩起舞，有的还伸出长嘴亲吻花蕊。一只蜜蜂不辞辛苦地停留在一朵花蕊里，贪婪地吮吸着花露。它的翅膀一高一低。草尖上还挂着一颗露珠。在蜂飞蝶舞的世界里，我闻到了一股淡淡的花香。

嫉贤妒能的大公鸡，跳上窗台，拍打着金色的翅膀，引吭高歌。突然，歌声戛然而止。只见它瞪起圆圆的眼睛，两腿后刨，躬身曲背，抖动双翅，红冠直立，腾空而起，直扑前方，疯狂地啄着玻璃上新贴的一只红色的大公鸡，直到它啄得鸡毛狂舞、嘴喷鲜血，它才昂首挺胸、甩动着青紫的头颅、高唱凯歌、一步三摇地蹦下窗台，踱向远方。

乡村大集的日子到了。我陪着母亲来到车水马龙、人头攒动的集市，找了一处稍微宽敞的街面，母亲从一个用各种花布头拼接成的包内取出一块花布，向空中抖了抖放在路边摊平。然后小心翼翼地从布兜里取出各种图案的剪纸画，按照画的大小整齐地摆放好，等待顾客的到来。

一位肩膀上驮着小孩的老人经过摊位时停住了脚步，放下小孩，拿起剪纸画爱不释手地欣赏着，并向母亲询问每张画的价格。母亲回答说大的每张两分钱，小的每张一分钱。他挑了两张大的山水剪纸画准备付钱时，路上爬着的小孩抓住一幅花兔画不松手，哭着喊着非要不可。老人从兜里摸出三分钱，囊中羞涩之情溢于言表。他在两大张画中反复挑选对比，哪个都不舍得放弃。最后把一张神龙戏水的画还到母亲手里，再三叮嘱母亲给他留着，下次大集一定来买。他说完话，抱起孩子转身离去。

母亲见他如此喜爱这张画便一把拉住他的手，将那张画递到老人手中，说道：“老哥，拿去吧，送给你了。”老人推辞道：“大家都不富裕，怎么好意思白拿你的画？还是卖点钱贴补家用吧。下次再买。”母亲还是执着地将画送与他，嘴里不断地重复那句话：“都是自己剪的，不值几个钱。”

当我推开家门时，眼前的情景吸引了我的视线。我一把将母亲的手拉住，用手指着给她看。只见家里的小白猫正坐在水盆前，瞪着大眼睛，立起一只前腿，探头探脑地几次试探着把前爪伸入水中。水盆里的水在清风的吹拂下泛起波纹。玻璃上贴着新剪的两条金色鲤鱼，在光的反射下投入水里，倒影中的鱼儿在水中仿佛自由自在地畅游着。

猫咪侧头望着我们，前爪伸向水盆，不断地发出喵喵的叫声。突然，它身子前倾将水盆蹬翻在地，全身淋湿的它顶着水盆满院乱跑。此情此景乐得我肚子疼。

母亲的脸上绽放出灿烂的笑容。这笑容比花儿还美丽，比花儿更香、更甜。

作者简介：杨凤宝，男，北京市密云区水泉村人，1996 年开始文学创作，有多篇小说、散文、诗歌在刊物上发表，多篇作品在各级文学大赛中获奖。

小说世界

写小说，说到底，就是写人物。小说艺术的精髓就是创造人物的艺术。

——鲁迅

垦 荒

张林朝

真没想到四嫂竟是这么执拗的一个人。

我们庄叫张庄。庄东边有一条小河，叫礓石河，是一条季节性河流。雨水多的年份，河水很多，沟满壕平的，而干旱的年份里，河沟里一点水都没有。

河的上游约一里地的地方，地势平缓，由于河水常年冲积，形成了一个大片的河滩，人们习惯性地称那片河滩为大河滩。河滩里是几十亩撂荒地。因为谁也不敢保证辛辛苦苦开垦耕种后就一定会有收成，所以，也就没人在意那块地。

但是，有一个人却注意到了那块地。说出来叫人不相信，有村民说，换作别人还有人信，是她，谁会信?

的确，没有人会信。她是我四嫂，我都不信。

四嫂一家四口人，一双儿女，大的是女儿，聪明伶俐，小的是儿子，乖巧可爱。四哥是名医生，在乡卫生院上班，每天上午去卫生院坐诊，一般情况下下午回家。因医术高明，找他看病的人多，多数时候，他都是下午很晚才能回家。他到家后也没能闲着，乡里乡亲的就近到家来看病，病情重的，四哥就到病人家里去诊治。一年到头，很少闲着。正因如此，四哥几乎没干过地里的庄稼活。

街坊邻居有个头疼发烧的小毛病，四哥都是从药箱子里取几粒药，说："拿回去吃吧，过几天就好了。"这种情况下，四哥是分文不收的。在这方面，我们庄上，没有不说四哥好的。

四嫂三十出头，中等身材，瘦瘦的，很精干。她温良贤惠，待人诚恳，说话轻慢温柔，从来都是话中带笑。到她家找四哥看病的人，不管手上、脸上有多脏，不管穿多破的衣服，四嫂从来没有嫌弃过，只要她在家，必给病人端水，叫他们洗手洗脸。

四哥没空下地干活，地里的活就只有四嫂一个人干了。孩子们小的时候，除了地里的活，家里四口的一日三餐也是四嫂一个人操持的。女儿稍大一点后，能帮四嫂干些家务活，如做饭、打扫卫生、喂猪喂鸡等，四嫂基本上就整天在地里干活了。不过，春种秋收时节，四嫂无论如何也是忙不过来的。特别忙的时候，四哥得空就下地帮四嫂干些活。每每这个时候，甚至还会有病人找到地头去让四哥看病。有重病号，四哥不得不出诊的话，街坊邻居们就自发地行动起来，一忙完自家的活，就跑到四嫂家地头帮四嫂干活。

就是这么个情况，瘦弱的四嫂竟然执意要去开垦那块撂荒地。确切地说，是她女儿八岁那年，四嫂开始在大河滩垦荒的。有人说这是四嫂没事找事，也有人说这是四嫂不自量力。更有人说这是四嫂傻，拿不准的事，遇上个旱涝，一颗粮食也收不回来，不仅搭上了工夫，还把种子也赔进去了，何必呢。

以前，街坊邻居都主动去帮四嫂家干活，是因为四嫂一家待人亲善。可四嫂坚持要去开荒，就有人说了："既然她有力气去开荒，那咱就不用再帮她家干活了。"也就这年夏收，往年有人帮忙的时候，不消两天工夫，麦子就能全部收割完。可今年，没有人来帮忙了，四嫂一个人一直割到天黑透了，才割完三垄。到家后，累得腰都直不起来了。可四嫂一句怨言都没有，草草地洗了把脸，就去厨房做饭去了。

四哥既生气又无奈。吃过晚饭后，四哥到几户壮劳力多的人家，请人家帮忙。四哥都到家里来请帮忙了，哪有不帮的道理？第二天，几户人家一家出一个壮劳力，半天工夫，就把四嫂家的麦子全收割完了。

邻居们帮忙的时候，你一言我一语地劝说着四嫂。一个本家侄子说："婶啊，叔当医生有工资，就是不用种庄稼也能过好日子，为啥要去出死力开荒呀？"

还有人说："四嫂，说真的，我们都不愿去干。干一年了，一场大水，全泡汤了，咋办呢？"

四嫂听着，也只是笑笑，什么也不说，依然是只管一天天地去挖、翻、平。第一年只开垦出来半亩地，刚把那块地里的料礓石捡出来，还没来得及种，结果发了大水，大河滩变成了个河漫滩。四嫂白白干了两个月。第二年总算把那半亩地平整好了，却遇上了十年不遇的干旱，肥沃的庄稼地里都种不上，更别说那块荒地了。到了第三年，四嫂终于如愿种上了玉米，这年风调雨顺的，河里没发大水，也没干旱，虽说长势一般，但总算是收了几麻袋玉米。看着自己辛辛苦苦劳作换来的果实，四嫂兴奋得笑出声来，内心的喜悦自不必说了。

有了收成，四嫂开垦荒地的劲头更足了。一天，天不亮，四哥就被一个危重病人的家属叫走了。四嫂吃过早饭，把女儿叫醒，说："乖，起来后，锅里有吃的。你要看好弟弟，不准出院门。"

女儿睡眼惺忪地点了点头，一扭脸又睡着了。

到了半晌，四嫂正在河滩里翻地，突然看到远处一个小身影向她跑过来。她感觉像是女儿，就观察了一会儿，确认是女儿后，四嫂心里慌了，心想，家里必定是出什么事了，不然女儿不会跑来找她的。四嫂飞快地迎着女儿跑去。女儿看到了妈妈，大老远就哭着喊着："妈，妈，弟弟被蜇了，弟弟被蜇了。"

四嫂拉着女儿的小手往家跑，边跑边问女儿情况。女儿也说不太清，只说弟弟被马蜂蜇了，脸肿起来了。

听女儿这么一说，四嫂说："乖，你不用跑了，你在后面自个儿走回去，妈先回去了。"

没等女儿说话，四嫂放开女儿的小手，自个儿往家跑去。

四嫂还没跑到家就听到了儿子的哭声。进院后，发现儿子坐在堂屋的门槛上，看着楼门，大声地哭着，身子因抽泣而不停地晃动着。

四嫂哭着将儿子抱起来，看着半个脸肿得眼都睁不开的儿子，心里非常自责。她把儿子抱进屋里，一边哄着儿子，一边用碘酒给儿子消炎。

好在没过多久，四哥回来了。四哥边给儿子消肿，边责怪四嫂，说："你就不能不去开荒了？在家做做饭，看着孩子，不行吗？"

四哥数落四嫂，四嫂向来都不反驳。可四哥也知道自己没资格过多、过分地责怪四嫂。所以，一般情况下，四哥最多说个三五句就不再说了。

儿子被马蜂蜇了的事传开后，又人有劝四嫂说："别干了，一天到晚累得跟啥似的，歇歇吧。"

可四嫂就是不肯，说："庄稼地像小孩子，是需要养的，那块地的土是生土，施肥翻耕，好好养护，是有收成的。虽说今年只收了几麻袋玉米，不过要不了几年，收成就会好的。"

自此以后，四嫂下地干活，只要四哥到卫生院坐诊或被病人家属请到家里去出诊，四嫂就把女儿、儿子带上，叫他们在一旁玩耍，不会影响她干活。

四哥实在是太心疼四嫂了。一天晚上，吃晚饭时，四哥说：“咱别干了，自留地的活都够你干的了，人家那么多壮劳力都不愿干的活，你一个瘦弱女人家非要干，而且还是保不齐的事，辛辛苦苦累了一年，到头来还不一定会有收成，何必呢？咱不干了！”

四嫂不紧不慢地说：“就是好地块，种下了，也不敢保证一定会有收成。那块地荒着也是荒着，咱庄稼人出点力算啥？能忙得过来，闲着也是闲着。万一年景好的话，多收一点是一点。难道怕尿床觉都不睡了？怕灾害的话，庄稼都不种了，那还能成？没事，我能干得过来。”

女儿生气地说：“妈，咱家粮食又不是不够吃，为啥要累自己呢？你歇歇不中吗？”说话的口气像个大人似的。

“不是够吃不够吃的事，我就是看着那块地荒着，心里不舒服。”四嫂很执拗，谁也拿她没办法。

四嫂就是这样一个人，除了下地干活，从来就不串门。一年中，除了大年初一到街坊邻居家走走，拜拜年，其他日子里，她只要不在家，就必定是在地里。

所有人对四嫂的这种行为都很不理解，最后，人们一致认为四嫂是一个干活上瘾的人。

几年下来，四嫂在大河滩里开垦出了十多亩地，算下来，也只收了几十斤黄豆、几麻袋玉米。即便如此，四嫂依然坚持着。

四哥又劝四嫂说：“这么多年了，咱赔进去的种子也够咱全家吃半年的了，真是出力不讨好的事。咱不干了，荒就荒吧。”

可四嫂依然坚持着，说：“旱也罢，涝也罢，那都不是咱庄稼人操心的事，庄稼人就得一门心思地把地种好。年年怕绝收，那就不用种地了？”

四嫂拧起来，真叫人不可思议。

后来，村上为了确保庄稼旱涝保收，利用大河滩的有力地形，建了个拦河坝。丰水期蓄满水，大河滩变成了一个小湖。四嫂多年来辛辛苦苦开垦出来的十几亩荒地也被淹没在了河坝里。

人们非常惋惜，十分同情四嫂多年来的巨大付出。

可四嫂却不这样认为，她说：“这多好啊，庄稼都旱涝保收了，大家的收成也都有保证了，这是好事。我开垦的庄稼地本来就是撂荒地，没啥可惜的，只当我这几年锻炼身体了。”

河坝建起来后，人们想着，这一下四嫂可要歇歇了。不承想，到了第二年春上，人们发现四嫂又在大河滩下游河床边上开垦出了二分荒地。

作者简介：张林朝，河南郑州人，籍贯河南镇平。湖南省网络作家协会会员，青年作家网签约作家。已出版个人非虚构日记集《故土亲情》、短篇小说集《祖传》，小说《另类》入选《岁月之歌：全国青年作家优秀作品选》，散文《忆槐花》在《清风文学》杂志上发表，小说《信任》入选《花开四季：全国青年作家优秀作品选》。

路　口

姚志顺

胡元浑浑噩噩地回到家门口时，已是凌晨两点。春节联欢晚会都结束了。

下车后，他哆嗦着拎下为妻儿买的衣服和玩具。关车门时，不忘狠狠地再踹车子一脚——这破车子，真是要换了！砸锅卖铁再贷款，开春也要买辆新的，他在心里发狠道。是的，五百公里不到的路程，竟跑了二十个小时。因下雪封了高速后，他只能在省道上跑。一会儿堵车，一会儿抛锚，最要命的是刹车不灵。他差点被这车子折腾死。真是活受罪呀！零下十几摄氏度的风雪夜，走走停停，上上下下。在临下省道的那个路口……唉！真晦气！想起路口那可怕的一幕……胡元绝望地蹲到地上，攥着拳头锤自己脸，双手无助地揪扯本已凌乱的头发。

“是他爸吗？到门口怎么不进屋？”妻开了院门。一直未眠等候的她，已记不得自己是第几次开门张望了。

“你怎么了？”妻慌忙拉起男人，又去拎一地的包裹。

“嗯！没事，有点、有点累。”胡元站起来，勉强地笑笑，垂头跟妻走进屋里。

妻倒上热水，把热毛巾递给胡元，说道：“擦把脸吧。”

胡元一边擦脸一边进了房间，开灯看着睡梦中的儿子。他伸长脖子，吻向跟妻一样、长着好看长睫毛的儿子。

“等你到春晚结束，太困了，才睡着。”妻把儿子伸在外面的胳膊盖进被里，柔声道，“吃饭去，饿了吧？”边说边关了灯。

胡元夹起平常最爱吃的饺子，在嘴边停了许久，又甩回碗里。溅起的饺子汤洒了一桌子。“唉！”虽然很饿，却毫无食欲，他重重地叹了口气。

“要不，先喝口汤再吃？”妻心疼地望着他，慢声细语道。又在脚盆里兑好热水，用手试了试说：“烫烫脚吧！”她蹲下瘦弱的身子，去脱男人的鞋和袜，一边搓捏着他的脚，一边仰起脸问：“水温刚好吧？”

胡元喝了口饺子汤，无声地对妻点点头。

“回来就好，别着急啊！出了正月，再出去便是了。”她安慰着男人，心想，男人一定一如往年，付完工人的工资后，自己又所剩无几了。他这个包工头，可能又落得白忙一年。“家里的收存，加上卖牲口的钱，也余两万多呢。我和儿子你不用担心。”她补充道。

“嗯……唉！”胡元洗完脚，站起来对妻说，“不是钱的问题。唉！睡觉吧。”他疲惫地搀着妻，上了床。

胡元尽管很困很乏，却睡意全无。他睁着大眼，在黑暗中声声长叹。怎么办？他要是坐了牢，妻子怎么办？五岁的儿子怎么办？还有，还有那几十口、靠他挣钱养家的工人怎么办？这么多年来，自己虽然没挣到多少钱，但在他手下做工的几十号人，每到年底，都能揣上十万八万的，高高兴兴地回家过年。他为人忠厚，做事认真，深得甲方老板的信任。甲方年底的账，虽然没有百分百结给他，他却总是全额付清工人的工资。他总说工人们不容易，挣的都是血汗钱。付完了工人们的工资后，就只能亏待自己了。常常一年到头，自己只剩下万儿八千的，灰头土脸地回家。正因为他为人仗义和可靠，工人们才始终不离不弃地跟着他，跟着这个善良厚道的包工头。

我该怎么办？胡元又一次处于人生的十字路口。他翻来覆去也睡不着，便披上棉衣，轻轻地下了床。从柜子里抱了床棉被，来到客厅，半卧于沙发上。

第二天早上，天麻麻亮。妻起得床来，拉开房门，便见满客厅灰白的烟雾和茶几上堆满烟头的烟灰缸。她连忙拉开大门，回头疑惑地望向昏昏欲睡的男人。她走过去，把一撮挡在他眼上的头发理开，在男人的身边坐下来：“忙得没顾上理发吧？”

“不睡啦？”胡元心疼地拉着女人的手，答非所问道，“怎不多睡会儿？”

“习惯了，到时就醒。”妻微笑地看着男人兔子般通红的眼睛，又不无焦虑地问道，“他爸，是不是遇上什么事啦？看你这是一宿没合眼吧？”

“嗯，你给我拿几套衣服，再拿床被子和席子吧，唉！我想了一夜，还是去投案。”胡元站起来说，“昨夜在下省道的拐弯处，那个路口，我撞死人了。不去投案自首，我，我心里不安……只是，这样就苦了你和儿子了！”他抱紧妻，泪水终于泉涌般流出来，滴在妻子的脸上。妻却感觉这泪水，冰凉地滴在自己的心尖上。她拥着男人，抚着他的脸，咬住嘴唇呜咽着。

过了会儿，妻抹去脸上的泪，把夜里没吃的饺子，用油煎了，又做了碗蛋汤端到桌上。“吃吧，吃完饭，我陪你去派出所。”她坚定地说道，麻利地解下腰间的围裙，挨着男人坐下来。

“嗯，你也吃呀。”胡元终于如释重负地吃起来，不忘劝着妻。

“你吃，我还不饿。”妻轻声慢语道，抬眼盯着自己的男人，一脸的依依不舍。

胡元愧疚地看向妻，多好的女人呀！贤惠善良，勤俭持家。看着妻此时的神态，心里又是一阵酸楚。她这个样子，多像自己在世时的母亲啊！母亲也爱这般看着他吃饭，静静地微笑着，望着他吃饭，眼里装满浓浓的母爱。他不忍直视妻那美丽的杏眼和那好看的长睫毛，转过脸去抹了淌到嘴角的泪水。

胡元带着妻，开车来到派出所，向民警说明来意。不一会儿交警大队也来了人，在他的轿车前用尺子量来量去好半天，才说：“那事故不是你造成的，是一辆大货车肇的事，驾驶员三点多才投的案。”

胡元听得一头雾水，傻傻地问警察：“可那人，明明是躺在我车前的雪地上的！”

“你那是第二次碰撞，那时他已死了两个多小时。”警察说，“死者是骑在三轮车上，被货车撞翻而死的。法医的尸检报告说，死亡时间是昨晚十一点左右。”

“哦……对对对，我昨晚撞上他时，已近两点。而且那路口我的车速很慢，怎么会一碰就死呢？”胡元搓着手，在心里说，原来自己撞的是死尸，怪不得那么硬邦邦的。

新年的鞭炮更加响了，雪也停了。明亮的太阳冉冉升起，大地瞬间春意盎然。胡元拉住妻的手说：“我们回家吧！”妻抬起好看的眼睛望向他，轻轻地点点头。

作者简介：姚志顺，网名字顺文从，笔名半瓶子老醋，江苏淮阴人。青年作家网签约作家。

收　礼

龙小天

“知道吗？小李出事了。”

“小李？你是说去年分配来的研究生，刚升为副主任的小李？”

“不是他还有谁呢？他呀，把自己的大好前途给毁啦！”

“究竟是什么事啊，别神秘兮兮地了。”

“我告诉你们啊，这小李刚刚当了官，就飘了，居然受贿！”

“受贿？不是吧？现在大家都反腐倡廉，从上到下一条心搞建设，他一个研究生，还搞这些？”

“怎么不是呢，每天一到下班时间，送礼的人络绎不绝啊，全都排着队往他办公室送东西。这小李也真是的，收礼也不知道避一避，开着办公室的门正大光明受贿，太放肆了。”

“啧啧，可惜了啊，多年轻多能干的一个孩子，就被贪字给毁了啊！”

“怎么不是呢！据说啊，他老家还是农村的，原本他出头了，正好可以给家里改善一下条件，这下可好，唉！”

傍晚时分，机关家属院的大院里，一群家属七嘴八舌地议论着。

今天机关的工作人员都没有能够按时下班，据说是因为小李的事情，全机关上下开大会，为小李的事情进行全体整顿。

就在大家议论纷纷的时候，家属大院门口进来一队汽车，正是各家上班的人回来了。 这些人一进大院，全都焦急地奔向各自的家人。

“爸，身上带钱了吗？给我点钱。”

“妈，快点给我钱。”

“老婆，我昨天给你买包的钱，先别用，给我先用用。”

“老公，给钱！”

这些工作人员由各家人的身上要到了钱，却并没有解释，在一众家属的质疑声中，他们却又一哄而散，全都离开了家属大院。

一众家属更加不安了，难不成是因为小李的事情，要罚众人的款？抑或又是因为自家的人都有点问题？

众人越想越多，电视上放过的一些什么“窝案”之类纷纷浮到眼前，让他们忐忑不安，各自看了看，终于决定都去办公楼问个究竟。

就在众人带着慌乱的心情往外走的时候，汽车喇叭声响起，各家的人去而复返。在家属们焦急不安的目光中，所有的工作人员却都面带微笑下了车，只是在他们的手中都提着一个个的盒子，里边装的是小孩鞋子、鞋垫以及小孩子衣服之类的东西，并且这些东西全都是手工缝制的。

家属们见着众人手中一样的东西，不由得齐声发问：“这些是几个意思？”

听着家属们的问话，主任举起手中的东西笑着开了口：“这些啊，是‘赃物’，小李‘受贿’的‘赃物’。”

“赃物？究竟怎么回事，赶紧告诉我们！”家属们云里雾里，有些摸不着头脑。

经过一番解释，家属们终于是明白了。原来，这些东西都是小李的母亲缝制的。

小李的母亲早年守寡，一个人辛辛苦苦缝制小孩子的衣物卖钱以供小李读书。现在小李工作了，并且日子也算是越过越好。小李的母亲却因为多年的劳累，得了严重的风湿，双手还部分变形。但老人家却闲不住，非得要缝制这些东西来贴补家用。

小李多次劝说无效之后，只好和母亲约定再卖够一百件物品后就不再继续缝制。好说歹说让母亲同意之后，为了让母亲能够尽早卖出一百件物品，小李找了许多人冒充顾客去购买东西，打算买下这一百件物品，然后再捐出去。

“现在啊，我们全体工作人员都分担了这些东西，等到满一百件的那一天，我们就一起把东西捐出去。”

主任解释完毕后，家属和全体工作人员都鼓起了掌。

作者简介：龙小天，四川省青少年作家协会会员，青年作家网签约作家。作品散见于《金色校园》《参花》《青少年作家精选》等。

心　雨

魏昌盛

小巷不长，有着几家门店，在这个繁华大都市，这儿像是“被遗忘的角落”。

心之旅咖啡厅在巷子的东头，店内面积不大，装潢得十分考究，靠墙的位置有一排博古架，摆放着各式各样的图书，有几张小圆桌放在正中央，窗户边还有几个卡座，天花板吊下的一只只桶灯发出柔美的光。

窗外是个院子，风景很美。偌大的假山，犹如大蜀山微缩景观，让欣赏者有身临其境之感。

“来了，好一段时间没来了？”店内的女主人梅娜问着林佳。

林佳没说话，只点点头，找个靠窗的位置坐了下来。

“喝点什么？”

“随便吧。”

梅娜给林佳泡了杯咖啡，又用勺子轻轻地搅动了几下，然后放在了林佳的面前并小声问：“你今天心情好像不太好？”

林佳还是没说话，两眼直溜溜地盯着院内的景观。

窗外不知什么时候飘起了雪花，悠然地落在假山上，林佳似乎是触景生情，不由自主地想起他和甜甜偶遇在大蜀山。

秋天，大蜀山格外美。五颜六色的树叶、欢乐的小鸟、古树野藤盘根错节，每一处美景仿佛都是一幅画。

一块椭圆形石头，背景是整个城区，大家都争相拍照。

“我照，我照。”随着说话声，甜甜和林佳同时向石头跑去。

林佳先站在石头上，甜甜也跟了上去，突然甜甜“啊”的大叫一声，抓住了林佳，林佳顺势也抓住了甜甜的手臂，他俩在石头上前后摇晃两下，最后同时摔倒在石头下，万幸的是没有向后摔倒，否则后果不堪设想。

甜甜压在林佳身上，她很快地站起来，脸红得像火烧云似的。她说：“真不好意思。”

林佳额头碰出个包，感觉有些痛，他摸了摸说：“没关系!”

他俩聊得很开心，加了微信，各自回到了伙伴当中。

梅娜忙完又回到林佳的对面，林佳一点儿也没察觉，还在看着窗外那一片片雪花。

梅娜说：“咖啡快凉了，趁热喝。”

林佳拿起杯子，喝了一小口，然后说：“真香，甜甜最爱喝。”

梅娜问：“甜甜，她是你女朋友吗？”

林佳摇摇头说：“她不是。”

梅娜又说：“那姑娘我看挺好的。”

林佳叹了口气，又把脸转向了窗外。

其实，林佳向甜甜表白过，可甜甜没同意，理由很简单——林佳不求上进。

甜甜不但个头高挑，长得还漂亮，乍看像明星，看书学习是她的爱好，曾出版了一本诗集《雪花的告白》。

双休日，甜甜对林佳说：“走，我俩去图书馆。”

林佳说：“你先去，我等会儿过来。”

好几次，甜甜在图书馆边看书边等着他，几个小时过去，依然没见到林佳的身影。

前些日子，甜甜真的生气了，两人打起了冷战。

梅娜说：“甜甜来过咖啡厅。”

林佳听后很是兴奋，赶忙问道：“她什么时候来过？还说了些什么？”

“甜甜说你不在乎她。”

“阿姨，我有我的追求，就像她爱写诗一样。”

“你怎么不告诉她？”

“说了，她不了解，总以为我在玩变形金刚。”

林佳的桌子上的确放得乱七八糟，什么螺丝螺帽呀、铜线呀、焊接丝呀，还有一些书籍。有时铬铁头还冒着淡淡的青烟，满屋子松香味。

林佳不是昔日的无线电爱好者，而是正在研制技术超前的智能机器人。

20 世纪 70 年代，爱好无线电者众多，初学者装个半导体收音机都兴奋得夜不能寐，能装电视机，那可是无线电爱好者中的佼佼者。

进入 21 世纪，搞的是集成电路和芯片，电子管早已变成了历史。

林佳是省城工业大学的高才生，在某科技公司工作，专门研发机器人。机器人能说会走不算什么，如果机器人有记忆功能，带有感情色彩，那可就了不得了。因此，林佳必须付出更多的时间和精力。

梅娜说："过几天是甜甜的生日。"

林佳吃惊地问："阿姨，你是怎么知道的？"

"这个你先别问，到时我打电话给你。"

"我会给甜甜一个惊喜的。"林佳说完给梅娜留了个电话号码，这才离开了咖啡厅。

梅娜没上过大学，更没有学过心理学，从一个女人直观的感觉来看，心之旅咖啡厅无外乎是心灵的旅程，在人生的漫长征途中，有人会遇到荆棘，有人会碰到险阻，还有的人历经磨难，累了就找个地方喘口气、歇歇脚，这是梅娜最初的想法。

其实，梅娜也有过人生的低谷。那年，她下岗了，好端端的一个造纸厂说没就没了，虽然得到了一点补偿，但姐妹们像拆了窝的小鸟一样各奔东西。

俗话说"祸不单行"，丈夫安昕糖尿病引起了并发症，唯一的治疗方案是截肢。

梅娜那段时间几乎要崩溃，要不是女儿嘉嘉支撑着，她连死的想法都有了。

嘉嘉说："妈妈，小时候我遇到困难时你总是鼓励我，可你现在呢？"

梅娜说："你爸爸成了这样，以后该怎么办？"

嘉嘉说："我自己打工挣钱，你照顾好爸爸。"

嘉嘉开始了勤工俭学，大学四年打了三年工，工资除了补贴家里的日常开支，还解决了学费。

大四那年，嘉嘉和甜甜同在一家超市打工。她俩是同年同月生，嘉嘉比甜甜只大十天，看着像孪生姐妹，而且性格相近，爱好相似。

情人节那天，步行街挤满了逛街的年轻人，她俩在步行街分发着超市宣传单。

突然，有位老大爷晕倒了。有人急忙闪开，也有人束手无策。围观的人群中，有人焦急地说："这可怎么办呀？"此时，她俩却在进行急救。只见甜甜一会儿掐老大爷的人中，一会儿做心肺复苏，嘉嘉急得要拨打 120。这时，有一位年轻人说："请让一下，让一下。"随着声音进来一个人对着嘉嘉说："别打电话了，我们正在做社会调查，谢谢你俩！"话音未落，老大爷坐了起来，嘉嘉搀扶着大爷站起身说："真把我俩吓坏了。"大爷感激地说："你俩是好心人，谢谢了！"说这话时，，大爷还竖起了大拇指。

电视台记者扛着摄像机，开始采访她俩，最后女记者问甜甜："你怎么会急救？"甜甜答："大学里教过。"

天快黑了，嘉嘉说："甜甜，去我妈的咖啡厅吗？"

"远吗？"

"不远，公交车三站路。"

"好吧！"甜甜愉快地答应了。

就这样她俩成了好朋友。

甜甜第二次来咖啡厅，带的不是别人，正是林佳。

他俩进入咖啡厅时，梅娜像对一般客人一样，客气地打着招呼："欢迎光临！"

梅娜对林佳印象很好：白白的皮肤、高高的个子，理着整齐的小平头，一脸书生气。

梅娜有时想：林佳要是嘉嘉的男朋友就好了。但这种想法的出现只是那么一瞬间，然后她会立马推翻自己的想法。

梅娜觉得自己的女儿也很优秀。

上大学时，嘉嘉已经发表了上百篇散文作品，毕业后出了两本散文集，算得上省内小有名气的作家。

甜甜问："姐，你什么时候教我写散文？"

嘉嘉说："我妈的咖啡厅有很多书，你得多看、多学、多写。"

星期天，嘉嘉和甜甜来到咖啡厅，甜甜一头扎进了书堆。梅娜说："甜甜，先来这边喝杯咖啡。"甜甜说："谢谢阿姨！"她俩坐在圆桌旁。

梅娜问："过几天是你生日吧？"

甜甜答："是的。"

梅娜说："今年生日阿姨给你过。"

甜甜非常高兴地说："阿姨，您真像我的亲妈，还记着我的生日，好感动哟!"

嘉嘉在吧台开玩笑地说："还不叫声妈？"

甜甜萌萌地叫了声："妈!"

咖啡厅又来了几位客人，梅娜回到吧台。

甜甜将没喝完的咖啡拿在手中，来到书架旁，她一眼看见徐志摩、冰心等散文大家的作品。

甜甜意外地发现嘉嘉的散文也在书架上，署名是安嘉嘉。

她俩离开了咖啡厅，甜甜还借了几本散文作品，临走时嘉嘉说："妈，我俩先走了。"

林佳周日在工作室，专心调试着他的机器人。忽然，手机响了，耳边传来了梅娜的声音："是林佳吗？"

"梅阿姨，是我。"

"你后天晚上过来。"

"好的，谢谢您!"

你说林佳激动吗？那是自然的。他想：要准备一个蛋糕，双层的，再买一束玫瑰花，还有一个礼物，让大家猜猜。

甜甜生日那天，嘉嘉的爸爸坐着轮椅来了。不一会儿，林佳骑着单车，带着蛋糕和玫瑰花也来了。

林佳刚坐下，想起双肩包落在蛋糕店，于是他说："阿姨，我的包忘拿了。"

梅娜说："在哪里？"

林佳站起身说："在蛋糕店，我去一下。"

梅娜叮嘱道："你去吧，慢点儿，时间还早。"

林佳前脚出门，后脚嘉嘉和甜甜有说有笑地进了咖啡厅。

圆桌上放着蛋糕和玫瑰花，甜甜好奇地问："阿姨，玫瑰花是送给谁的？"

梅娜在吧台忙碌着回答："你呀!"一般人会问"是谁送的"？可甜甜没问，她在等待着那人的出现。

林佳到了蛋糕店，包被服务员保管着，他说了声"谢谢!"背着双肩包向来时的方向奔去。

路上他想：梅阿姨真好，要撮合他和甜甜。对了，送玫瑰花总得说一句话吧？第一句话该说什么呢？

这时，他的耳边忽然响起了刺耳的刹车声。来不及躲闪的林佳，被车撞出了两米开外。

车主是一个新手，属于闯红灯，见此情形被吓得束手无策，有人拨打了急救电话。

不一会儿，交警到了，急救车也到了，尖叫声停下时，从车上迅速下来两位医护人员，抬着担架跑到了林佳身边，一位观察着林佳是否有生命体征，另外一位查找着家人的联系方式。

林佳背着的双肩包还在身上，奇怪的是包内还有东西在不停地抖动着。

那位医护人员打开包，吃惊地发现：原来是一个一尺长的机器人。

机器人在不停地喊着一个名字：“梅阿姨，梅阿姨。”

医护人员一开始不知道什么意思，后来猛然反应过来问：“你知道梅阿姨的电话号码吗？”

机器人竟然说了出来。

梅娜拿了一碟车厘子，刚放到圆桌上，吧台响起了手机的音乐铃声。她赶忙返回拿起手机，对方问：“你是梅阿姨吗？”

梅娜答：“我是呀，你是谁？”

“我是急救医生，有个你熟悉的人被车撞了。”

“现在在哪儿？”

“你马上赶到××医院。”

“好好好！”梅娜连续说了几个好。

梅娜知道一定是林佳，挂断电话，梅娜急忙说：“嘉嘉、甜甜我们一起去，老安你留在店里。”

嘉嘉开着车，三人向医院赶去。

她们到时，急救车也刚到。一个氧气袋放在林佳的左边，急救人员连走带跑地说：“请让一让，让一让。”

她们三人也跟着来到了手术室门旁，一位女医生问："你们是他的家人吗？"

梅娜点点头说："是的。"

女医生递给梅娜一张表格和一支笔说："你在上面签个名。"

女医生随手又将林佳的双肩包递给了甜甜："这是他的。"

三人坐在等候区，每个人的心里都忐忑不安。突然，包内唱起了："祝你生日快乐，祝你生日快乐……"

甜甜打开包，发现是机器人。她取出机器人，深情地把他放在胸前，两行热泪顺着脸颊流了下来。

作者简介：魏昌盛，笔名魏华、山水之间，合肥市作家协会会员，青年作家网签约作家，《望月文学》杂志特约作家，多篇作品发表于《首都文学》《中国作家在线》《作家》《中国五矿报》《河南文学》《桥头文学》《河南科技报》《湖北文学》《宝安日报》《灌河文学》《江淮文学》《世界作家文集》等报纸杂志和文学平台。出版作品集有《风景这边独好》。

理发小伙儿

高　翔

父亲投了好多次简历，终于有一家公司通知他去面试。父亲想理个发，让我顺便跟着去。

小时候理发——又称剃头，是在住宅楼下的小店面，二三十平方米空间，摆着好多把椅子，满满当当排着顾客，大半都是小孩。轮到我了，爬上高椅子，刚坐稳，一张围布就哗啦铺展开来，围在脖颈上。之后是理发师咔嚓咔嚓五六分钟的修剪声，紧接着吹风机几声轰隆轰隆响，围布一解，头就剃好了！

这时候剃头，更应该说是理发。父亲也是考虑得周全，除了自己要去面试，想理掉些白发，提升一下精气神，他寻思我毕竟高二了，也该换一个发型。以前剃头，只留短短薄薄的一层，头皮也依稀可见，难免招同学们笑话。

跨上五六级台阶，明晃晃的是玻璃门，开门的是一个高大的小伙子，热情地招呼，带我们父子俩先去洗头。我是头一回进这样豪华的理发店，父亲也是难得来一次。一时之间，我东张西望，抬头看那硕大的水晶吊灯，低头瞧那斑斓的大理石地面，竟然有些不知所措起来。

开门的小伙子拿来一块干布，让我在按摩椅上躺下。他问我按摩椅需不需要开，我说不需要。他又轻轻拧开水龙头，问我水温合不合适，我说合适。

他问我："你多大年纪了啊？"

我说："刚刚十八岁。"

他的声音一抖："兄弟！我也十八岁！"

我的心头一惊。

他继续问："那你高三快毕业了吧？"

我顿了顿。初中时候，我肠胃不太好，休学了一年。上高中也就比别人晚。高一下学期，老毛病又犯了，虽没休学，也时常请假，落下好多课，成绩自然也就一落千丈了。他这么一提，高三这两个字，刹那间让我想起高考。的确，时间如白驹过隙，这学期已近尾声，高中生活也就只剩下一年了，可我依旧是班级里的倒数第一……

理发店的音响换了歌，刚才还是欢快跳动的乐曲，这会儿成了悲伤的情歌。我沉默许久，勉强挤出几个字：“是的，快……快毕业了。”

我忽然感觉他很高兴，甚至是在为我感到高兴：“兄弟！辛苦一下，努力考上一个好大学！”

我想解释一点什么，他继续说：“年初我十八岁，这出来打工，也有几个月了，没办法，主要是我调皮，坐不住，不爱学习，以前一个劲儿地逃学。兄弟啊！你读书好！一定要好好读书啊！”

我忽然想到点什么：“老师说人各有所长，‘行行出状元’嘛！”

“兄弟，你这话说得有理。因为我贪玩，不爱学习，我老家的村里人总说我没出息。不过，好在我父母支持我，让我出来闯一闯。”

“那你以后有什么打算吗？”

我忽然感觉，让一个只比我大了几个月的兄弟给我洗头，内心真的过意不去；但他给我洗头，他能挣到血汗钱。我只好轻轻将头抬起来，这样让他托的时候，手不会很费力。

“兄弟！你不必费力的，真的！你不用力，我反而洗得更轻松！你就躺着好了。我现在在这里当学徒，先把理发的本事学好了。凡事都急不来嘛，一点一点来呗！”

他停顿了片刻，又问道：“你学习成绩怎么样？”

我突然脱口而出：“很糟糕，一直是垫底呢。”

他的声音忽然振奋起来：“别担心！你们的成绩就像我们的业绩一样，我现在洗头，以后肯定得理发，人都得有个目标嘛！以后理发的时候，就得讲业绩了。成绩就像业绩，并不是一开始就把事情办成的！说真的兄弟，真不必担心的！最怕的是什么，就是内心不想努力，自己不想上进。我是这么想，业绩差，提高自己技术呗；成绩不够好，不着急，一点一点来，自己尽力了就行，问心无愧就好！”

我想起父亲在餐桌上说过的话：情况就算再糟糕，人总是能够想出办法的！

父亲已经四十多岁，原先就职的公司破产倒闭，现在出来，一切又从头开始，四处投递简历，寻找新的工作。家里的生活也很拮据，弟弟年纪虽小，但也挺懂事，在橱窗里看到喜欢的手办，知道家里挣钱不容易，也不舍得花钱去买。我知道他的心思，庆幸自己会一点手工，自己做手办和模型给他玩。

母亲心疼父亲一个人挣钱不容易，也想出去做会计，再挣一份工资。父亲不建议母亲去工作，因为母亲刚做过手术，需要休养。

洗发的水龙头关上了，我的思绪又收了回来。他给我洗完头，安排我在一个理发位上坐下，轻轻给我系好围布，将椅子调到适合的高度。理发师走过来给我理发，我看向镜子，看见他拿着扫帚，清理着地上剪下来的头发，从屋这头扫到那头，转了个弯儿，继续横向清扫。他的身影一点点被几张理发桌挡住，在镜子里看不到了。过了许久，透过镜子，他的身影又浮现出来。他打扫完折返回来，将扫帚轻轻摆放在一边，直起身子，揉了几下腰。

这次理发以后，父亲又辗转好几家公司面试，终于获得了一份稳定的工作。这之后，我们好久没去那家理发店，还是在住宅楼楼下，十块钱一次的洗剪吹。当然，不是再理小时候那样的短发。上次理完发，父亲对着我的头拍了一张照片。小店里的理发师虽说没有大店里的那样专业，但照着照片的样子，还是能理个八九不离十。这让我很开心，但我却总觉得错过了什么，总是会想起什么。

第二次去那家大理发店，是高三毕业典礼前，准备拍毕业照，所以去理一个正式且好看一点的发型。踏上同样的五六级台阶，同样是玻璃门，只是开门的人不是那个小伙子了。

店员热情的招呼、水龙头流水的哗啦声、理发剪的咔嚓声、吹风机的轰隆声……我都听见了，但似乎都听不进去，似乎都没有听到。我在寻找着他的身影，就像寻找着一个心中的憧憬一样，就像那一盏小小的却又温暖的蜡烛灯，跳动的火苗，我不忍心就这样看着它熄灭……

于是，我询问店员。我在心里安慰自己，他或许只是回老家去一趟。

“他两个月前就离职了。”

我向店员询问了他的名字。

时间总是在不知不觉中到来，又在不知不觉中悄然离开。博士毕业之后，我留校当了中文系的副教授。每当我站上这三尺讲台，总是莫名地想起高中班主任说过的那句话：人各有所长，行行出状元嘛！

我的老师当年对我说的话，我也同样对我的学生说……

后来，我们家所在的住宅楼进行拆迁改造，我们住进了新的小区。

暑假里，我从大学里回来，刚好赶上父母和弟弟一起搬家。父母省吃俭用惯了，不舍得叫搬家公司，我瞒着他们叫来了搬家的小货车，他们心疼，却也欣慰。忙活了一整天，吃完晚饭，我们到新小区的楼下散步。绿化带里尽显盎然生机，附近的店铺也很热闹。

我忽然在一家理发店门口驻足，我对父亲说："今天搬新家，要不咱都理个发吧？老妈的头发可以烫一下，弟弟的头发也有些长了，可以修一下。"

走进理发店，店员热情迎接。我们洗完头，在椅子上坐下，店员还热情地端来小零食和茶水。这时，一个理发师走到我旁边，热情地问道：

"先生，您好！我是本店的店长，也是发型设计总监，请问您选择哪一位理发师？这是价目表，请您过目……"

我抬起头，看到眼前的这张面孔竟然是那么的熟悉，一切似乎都没有变，只是更加成熟稳重。

"我好像认识你……"

作者简介：高翔，现为青年作家网签约作家、浙江省青少年作家协会会员，热爱文学创作，擅长小说、诗歌创作，曾多次获得征文类奖项，代表作有《湖怪》《黑尘与雪天使》等。